中井正文と『広島文藝派』

――或る郊里の地方文壇史――

天瀬　裕康

広島大学名誉教授就任当時の中井正文（63歳）　中井冬夫氏蔵

この本を
故・中井正文先生と
『広島文藝派』に関与した
懐かしい人びとに捧げる

まえがき

同人誌『広島文藝派』の代表を長らく務められた中井正文先生が、平成二十七（二〇一五）年十月二十七日に百三歳で逝去されたあと、心に懸かるのは顕彰のことだった。昭和六十一（一九八六）年、七十三歳のとき受賞された勲三等旭日中綬章は、教育者としての先生に授けられたものと思われるが、文学に対しては如何であろうか。

じっさい一時期、第二代の代表をさせて頂いた私、天瀬裕康（本名・渡辺晋）としては、中井文学自体や『広島文藝派』がどのような評価を受けるかは気になるところだった。

実力を持ちながらも無名に近い存在のまま果てる作家もいるし、かつては栄光に輝く文学歴を持ちながら郷里に埋もれた作家もいる。そして、そのような人びとが集う場は必要だったはずだし、彼らを括《くく》る同人雑誌も存在したであろう。

そうした想いから出発したのが『広島文藝派』第三十二号に渡辺晋の本名で書いた「再発掘と思弁―中井正文の人脈と同人誌」であり、それを広め深めたものが本書となる予定であったが、雑談的な話が多くなっただけではないか、と危惧されないでもない。

いくらか個人的な話を入れさせて頂くと、大正二（一九一三）年生まれの中井先生は私にとって、入会のお誘いを受けて以来、慈父・賢兄のような存在であった。

その私が「《広島文藝派》の会」に入会させて頂いたのは平成五（一九九三）年であり、『広島文藝派』復刊・第八号に「絡繰時辰節気鐘《からくりのじこくきせつのかね》」が載っている。幻想小説の裔《ちすじ》であろう。

当時は、科学小説（サイエンス・フィクション）も思弁小説（スペキュラティブ・フィクション）も、まるめて純文学界からは排除されがちであった。

だが先生は、そうしたＳＦの徒である天瀬をも、温かく迎え見守って下さったのである。


先生は合評会でも、きつい批評をされることは殆どなかったが、雑談の端々に現れる文学論、わけてもドイツ文学への造詣の深さには驚くべきものがあった。

この小著はささやかながら、中井正文先生への讃辞《オマージュ》であり、先生が創刊された『広島文藝派』への挽歌《クラーゲリード》なのである。

まずは評伝式に一般的な話から始めるが、本文中では客観性を保つため「私」は避けて天瀬や渡辺を用い、特別な場合を除き、中井先生の場合も「先生」は略させて頂く。

年月の表示は原則として、和暦（西暦）の順としたが、前後の事情によって逆にしたところや、片方だけのところもある。

単行本、雑誌は『　』内に入れ、発行の年月を記し、（週刊誌）新聞も『　』に入れ発行日も付した。刊行物内の題名は「　」で表した。

誌名等は原則としてそのままとし、号数は戦前でも「號」でなく「号」を用い、戦後の出版物もしばらくは旧仮名・旧漢字を使っているが、新仮名・新漢字に統一した。

発行所等の多くは株式会社なので表記を略し、混同の虞《おそれ》のある有限会社は㈲を付した。

文中の引用部分は《　》で示し、長い場合は前後を一行アケ、二字オチとした。

こまごました説明は、読みにくくならぬよう【註】として各章の末尾に付けた。

引用文の中には、現在では不適切と思われる表現もあるが、資料的価値から、そのままとした。

目次

中井正文と『広島文藝派』

――或る郊里の地方文壇史――

第一章　出生と戦前の足跡

第1節　生い立ち

中井家という名門

中井正文《まさぶみ》は大正二（一九一三）年三月六日、父武雄、母かやの嫡男として、広島県佐伯《さえき》郡地《じ》御前《ごぜん》村一四五五（現・廿日市市《はつかいちし》地御前）に生まれた。(1)

中井家は中野屋という屋号を持つ地方の名門である。士族ではないが実力のある町人だ。宝《ほう》暦《りゃく》八（一七五八）年に生まれ天保三（一八三二）年に没した徳藏から始まり、清七（天明八（一七八八）年〜嘉永二（一八四九）年）、清藏（文化十二（一八一五）年〜明治六（一八七三）年）を経て、壽太郎（嘉永五（一八五二）年〜大正五（一九一六）年）と続く。

明治五年までは太陰暦、六年以後は太陽暦となったが、お寺の古い過去帳は数え年で記載したものが多く系図原本と違いが生じることもあるので、西暦も参照して頂きたい。

壽太郎はトノ（旧姓・岡崎）と結婚し、ただ（南郷家に嫁す）・その（小林家に嫁す）・りつ（山県家に嫁す）・かやと四人の子に恵まれたが、すべて女子だったため、四女のかや（一八六八〜一九二八）に婿養子をもらうことになった。これが正文の母であり、父武雄（一八六七〜一九七

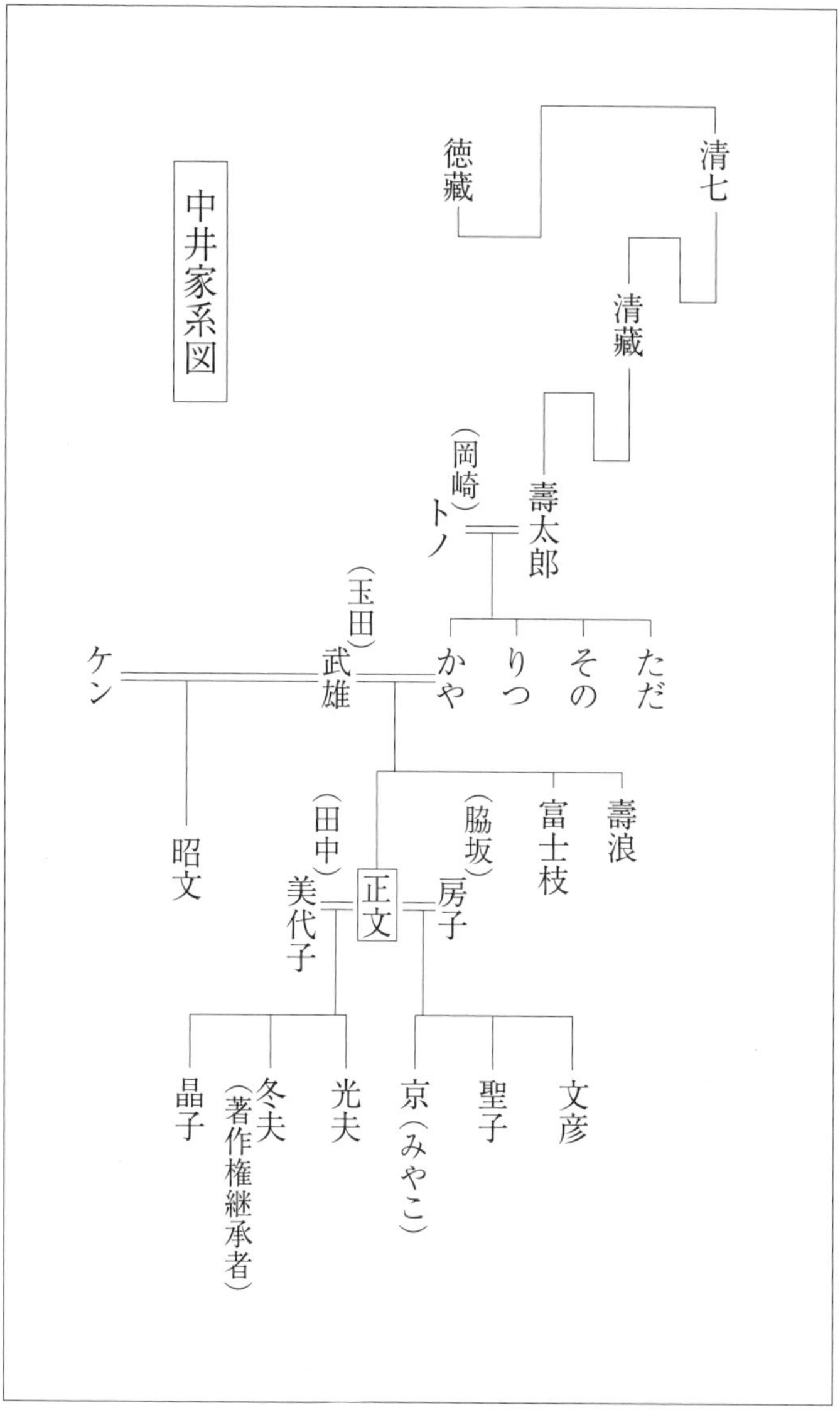
中井家系図
清七
徳藏
清藏
壽太郎
（岡崎）トノ
ただ
その
りつ
かや
（玉田）武雄
ケン
壽浪
富士枝
（脇坂）房子
正文
（田中）美代子
昭文
文彦
聖子
京（みやこ）
光夫
冬夫（著作権継承者）
晶子

祖母に抱かれる正文、乳児時代の家族写真　中井冬夫氏蔵

九）は山口県の玉田家から養子として入籍している。

正文が誕生過ぎの大正三年夏に中井家の中庭に面した廊下の前で写した写真を見ると、正文を抱いているのは祖母のトノであり左横は祖父の壽太郎である。母親の「かや」（写真裏の説明では茅子）は正文の後部で父親の武雄は最後列の右端、周囲にいるのは「かや」の姉たちだ。旧家のしきたりのようなものが感じられないだろうか。

最初から堅苦しい話が続いて恐縮だが、しばらくご辛抱頂きたい。長男の正文には妹弟が三人いた。次男の壽浪は大正七年三月十五日に生まれたが、同年三月二十八日に死んだ。新生児期死亡(2)といえよう。長女の富士枝は大正十一年生まれで正文より九歳年下であり、のちに母かやの姉そのの養子となる。

母かやは昭和三年に死亡したので父武雄はケンと

再婚し、昭和十二年二月二十日には異母弟としての三男昭文が生まれている。

広島郊外と広島

以上が血縁のあらましだが、中井正文生誕地の土地柄は、如何なるものであろうか。

彼が生まれた地御前は宮島の対岸だ。温暖で暴風や地震は少ないが、海岸線の近くまで丘や山が迫っている。農業よりは漁業に適した地形である。漁業に関する記録は、古い時代からのものが残っている。地御前で牡蠣の養殖が始まったのは大正十一（一九二二）年であり、この村の漁業青年団が垂下式養殖法を実用化したのは昭和九（一九三四）年であった。

端的にいえば貧しい地方の村である。そのせいもあって、この一帯はハワイなどの移民を輩出していたが、中井家は古くからの素封家であり、父親は名門に相応しい銀行家であった。

国鉄（現・JR）の前身である山陽鉄道が広島以西に延びる時、耕地の少ない地御前では反対が多かったが、結局、明治三十四（一九〇一）年には下関まで開通した。

この辺《あた》りは国道と広島電鉄㈱（以下、広電と略す）の宮島線、および国鉄（現・JR）の山陽本線、ならびに町道が並行して走っていた。中井の屋敷はその山側の低い位置に拡がっており、目の前を国鉄が走っていた。

背後の山や目の前の浜辺、そして対岸の宮島辺りの情景は、少年中井正文に忘れ難い心象を形成し、作家中井の小説中にしばしば登場する。

小学校時代　中井冬夫氏蔵

そうした正文少年は大正八年、地元の地御前尋常高等小学校に入学、十四（一九二五）年卒業。同年、旧制の広島県立広島第一中学校（以下、広島一中と略す）に入学した。広電の地御前駅ができたのは、彼が中学に入学した大正十四年の七月だった。

この学校は初め官立広島外国語学校として出発したが、やがて一般校とすることになり広島県第一尋常中学校として、明治三十（一八九七）年に国泰寺村（現・広島市中区国泰寺町）に創立された。校訓は「質実剛健」「礼節気品」「自治協同」であり、これをもって「一中魂」と呼んだ。いうなれば硬派である。

しかし彼は校誌『健鯉』第二十号（昭和三年三月）に随筆「歳暮の夜の街」を、校友会誌『鯉城』第三十八号（昭和四年二月）に「九州修學旅行記　第一日」を分担執筆のトップ・バッターとして書き、早くも健筆ぶりを見せている。

中井正文は昭和五（一九三〇）年に卒業する。のちに彼は、「伝統的に規律のやかましすぎる（傍点筆者）中学」と述べている。父武雄の教育方針は、どちらかというと自由放任だったから必要以上のルールで縛られることは好きでなく、大きな屋敷もなんらかの重圧を感じさせていたかもしれない。

素封家としての中井家については、終戦後、台湾から郷里の地御前に引き揚げ、高台にあった引揚者収容施設に住んだことのある作家の葉山弥世（本名・片山美代子）が、「中井先生と私」[3]の中でこんなふうに書いている。

広島一中時代　中井冬夫氏蔵

> その海辺の地御前村の街道筋に門構えの立派なお屋敷があり、裕福そうなその家ではどんな生活が営まれているのだろうと、幼い私はそこを通るたびに羨ましく思ったものだ。
> そのお屋敷の一画が芸備銀行（現広島銀行）の地御前支店となっていて、ある日、母に連れられて行ったことがある。いつしかこ

の家には偉い先生がいて、小説などを書いている、と誰からともなく幼い耳にも伝わってきた。それが中井正文先生だとは、高校を卒業するまでつゆ知らなかった。後に有名になる梶山季之も朝鮮から引揚げて両親の郷里、地御前村に住んだことがあると知り、私の郷里には有名人が二人もいると、鼻を高くしたものだ。

ここに出てくる梶山季之や、因縁の絡んでいる大田洋子については第二章以下で述べさせて頂くことにして、中学以後の学生時代を眺めておこう。

第2節　学生時代に

旧制第五高等学校

中井正文は中学を卒業した昭和五年、自由が欲しくて家から離れたかったのか、修学旅行で見た雄大な阿蘇山の風景に魅せられたのか、熊本の旧制第五高等学校（以下、五高と略す）の文学部一類乙（ドイツ語専攻）に入学する。

明治以来、ナンバースクールと呼ばれる旧制高校は八校あった。一高（東京）、二高（仙台）、三高（京都）、四高（金沢）、五高（熊本）、六高（岡山）、七高（鹿児島）、八高（名古屋）の八つである。その他にも、広高（広島）など、所在都市の名を付けたネームスクールと呼ばれるものが十八校、それに私立もあった。

それぞれが特色ある学風を持っていたが、中学高学年の頃の中井は、柳川出身の北原白秋に嵌り込み詩作に興じていた時期もあるというから、九州の学校を選んだ理由の一つにはこれも影響しているかもしれない。

五高は加納治五郎（講道館柔道の創始者）が校長になってから、小泉八雲（ラフカディオ・ハーン）など名士を集めた。小泉の後任が夏目漱石で、彼が五高で教鞭をとったのは明治二十九〜三十三（一八九六〜一九〇〇）年だから直接教えを受けたわけではないが、彼の教えを受け『近代の恋愛観』（大正十一年、一九二二年）を書いた厨川白村も五高の教授をした時期がある。

中井が在学した当時は大正デモクラシーの残光があり、熊本は青春を謳歌するに相応しい、古さを保ち続ける人情味豊かな地方都市であったといえよう。

椿花咲く

（第五高等学校寮歌）

中井正文　作詞
金堀伸夫　作曲

一、椿花咲く南国の
二更《こう》を過ぐる星月夜《づくよ》
橄欖《おりぶ》の森に焚火《ひ》は燃えて
寮歌《うた》朗らかに酒宴《さかもり》の
感激深き若き日の
誇《ほこ》りを永遠《とは》に忘れじな

二、あゝ南国の沖遠く
黒潮《しほ》の流れは尽きずして
白金《しろがね》の太陽《ひ》に溢《あふ》れては
はからずも入《い》る白日夢
生命《いのち》の旅の寂しらに
盧生《ろせい》の夢の今しばし

三、三年《みとせ》の旅の途すがら
山の霊気を憧る、
旅人若く月淡し
熱き情《なさけ》に身もこがす
阿蘇の処女《をとめ》の恋歌《うた》に泣け
今宵の宿は湯の村か

四、冬去り春の訪れば
球磨《くま》の流れも水暖《ぬる》み
破壊《はえ》の古城に草萌えて
ラインの春を思はする
瀬音も高く青春の
幸《さち》を讃《たた》えて逝くものを

五、不知火《しらぬひ》燃ゆる有明の
松籟《まつかぜ》さびしき高楼《たかどの》に
酒盃《さかづき》あげて狂ふてふ
南の国の若人《わかうど》の
瞳《まみ》を照せる銀《ぎん》燭に
三年の夢はさゆらぐよ

六、春甦《よみがへ》る築後野に
清和の光溢れつゝ
今逍遥の途すがら
生命《いのち》の調べ颯爽と
生《い》きとし生《い》けるものは皆《みな》
若き力に燃ゆる哉《かな》

七、今粛条の秋闌《た》けて
龍田の丘の小夜曲に
遠きふるさと懐かしみ
青き哀傷《うれい》を恋ふ《ママ》るとき
故郷の方に明星《みょうじょう》も
黙示の色に冴ゆるかな

（昭和五年）

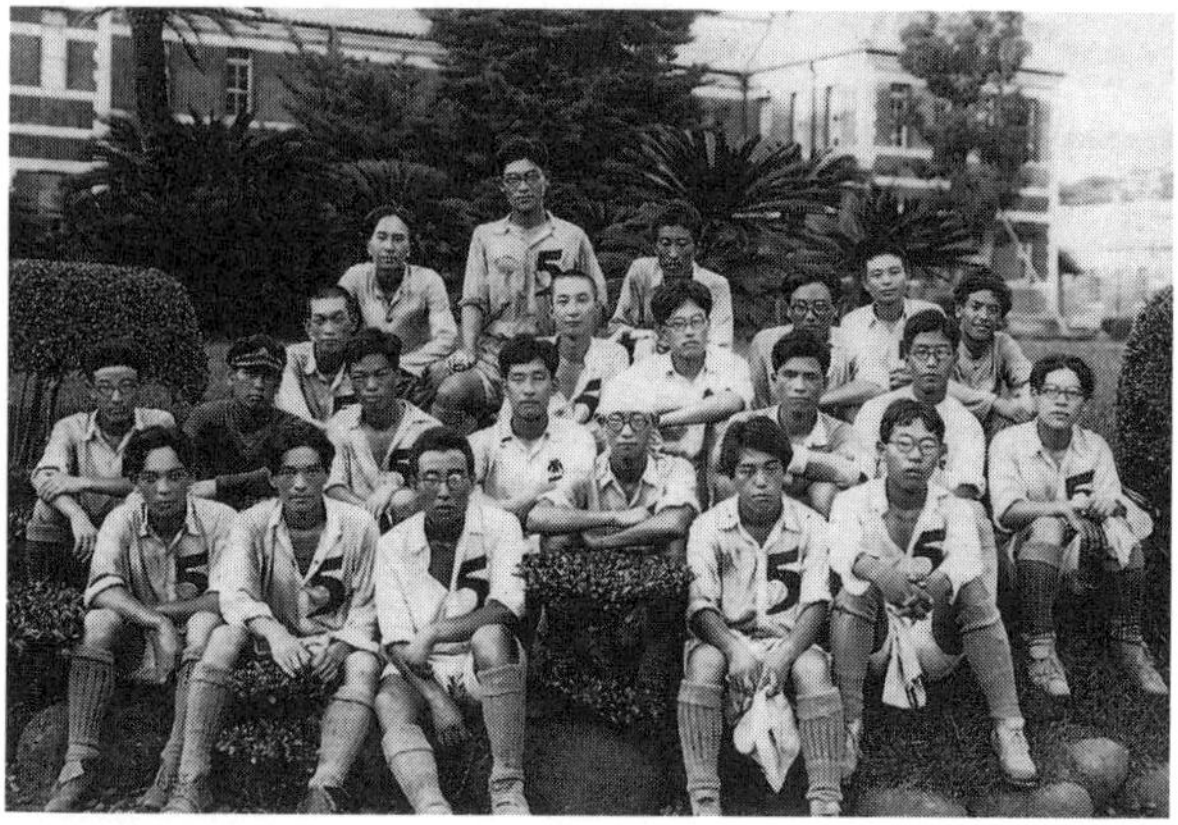

旧制五高サッカー部　前列左から３人目が中井正文
中井冬夫氏蔵

その熊本市に五高が開校したのは明治二十（一八八七）年。市の東北、龍田山麓には五高の寮があり龍南校地と称され、あるいは武夫原《ぶふげん》と呼ばれた。明治三十八年に作られた寮歌では「武夫原頭《とう》に草萌えて」と歌われている。中井が入学した頃の五高は竜南高地より南西にあり、市の中心部に近い黒髪キャンパスが主体になっていた。中井はサッカー部にいた。

この時代における大きな業績は、入学の年に作詞した第五高等学校寮歌「椿花咲く」であろう。これは現・熊本大学の石碑に彫られて残っている。

同期で理学部二類乙の金堀伸夫が作曲したものが楽譜付きで七番まで印刷されている。(4) 曲は８分の６拍子・ニ短調であった。余談ながら当時、分類記号の甲は英語、乙はドイツ語、丙はフランス語を第一外国語として学んでおり、二類は医学系だった。
理乙の金堀伸夫は医師の道へ進み、中井正文の「椿花咲く」は加藤登紀子の歌で吹き込まれたもの（ポリドール・レコード　ＬＰとＣＤ）を聞いて、感激を分かち合うことができる。

『新文學派』の周辺

中井正文の手近な寄稿先は五高の校友会誌『龍南』[5]で、小説や詩以外にドラマも書いていたらしい。二二一号は中井が発行兼編集人となっている。

当時、中井はいろいろの文芸同人誌に属し、この中には処女作ないし極めて初期の貴重な作品もあるはずだった。その手掛かりとして、『中国新聞』の論説主幹をしたことのある安藤欣賢が『掘り起こす広島の文芸――大正デモクラシーから終戦まで――』[6]の中で、次のように述べている。

中井の詩「孔雀」その他が載った『龍南』223号　中井冬夫氏蔵

　演劇とともに、映画も盛んだった。まだトーキーが登場する前で、無声映画は弁士によって生き生きと解説され、観客の喝采を浴びた。各映画館に人気弁士がおり、名調子で聞かせていた。その中の一人が川路健である。彼は弁士も務めながら、芸備日日新聞の文化面を中心に小説を発表する文士でもあった。文芸誌「新文学派」を主宰したらしいが、現物は残っていない。広島出身で当時、熊本の第五高等学校に在籍していた中井正文が、同誌に所属して作品を数回寄稿したことがある、と証言している。川路は、トーキーが登場するようになって、(7)弁士に見切りをつけ、上京して長崎謙二郎の名前で時代小説を書き始めた。

（傍点・註番号は筆者）

川路健とか長崎謙二郎という名はときどき目にするが、この文章によると、文芸誌『新文學派』はその実在の信憑性さえ疑われそうなのである。

ところが天瀬は、どちらかというと口の重い中井正文から、長崎謙二郎や『新文學派』のことは聞いたことがあった。

そこで天瀬は自分の資料整理を始め、「中井正文関係」と記した大型封筒の中に、長崎謙二郎の葉書二枚を見付けたのである。

長崎謙二郎は明治三十六（一九〇三）年十一月十九日、京都で生まれ、昭和四十三（一九六八）年六月十四日に没している。本名は長崎謙二で、川路健、草薙一雄などの別名もある。昭和一桁・無声映画の時代に、川路健の名で広島の映画館において活躍していた弁士、いわゆる活弁であり、徳川無声が活弁から文士になったのと同じコースである。

編輯者は長崎謙次《ママ》郎、寄稿は創作が七名七作、散文詩が二名、評論と時評がそれぞれ一名ずつだ。中井正文は創作「思春期」を載せている。

冒頭と最後の部分を引用させて頂こう。

少年の僕は哀しい遊戯に夢中だった。その遊戯に夢中である間中僕は好んで自分ひとりの世界に住んで居た。自分だけが知って居る秘密だと考えることは、美しい貴婦人に話しかけられて胸の皮膚まで赧らめる少年の羞恥心のやうに、いつまでも少年には愉しいことだった。

（中略）

　そんな瑠璃子を全く無邪気な少女だと一図に軽々しく断定して軽蔑してしまう幼稚な僕は、

創作「思春期」掲載の『新文學派』（昭和７年８月）　中井冬夫氏蔵

いつの間にか心の中で、僕の出發、新しい出發だと無意味に叫びながら軽快な道化た足取りで、家へ帰って行くのだった。

（昭和七年五月廿九日）

全体のカットは画家で詩人の山路商である。「後記」によれば、東京へ移ってからの第二冊目であり、創作七名のうち相田和夫と伊藤喬一は『文学建設』の同人だという。この『文学建設』は、博文館を退職したばかりの翻訳家で編集長だった乾信一郎(8)が金を出し、ユーモア作家・ミステリ作家の北町一郎たちと始めた同人雑誌だったが、同人会費の未払いが多く、すぐ行き詰まっていたらしい。

中井正文は、同じく七年の十一月に創刊した『氣流』に創作「帰郷した映画女優」を発表している。論考「生の文学と死の文学」を載せている長崎謙二郎はこの同人誌の設立同人だったから、中井の寄稿は長崎の口利きだったと思われる。

長崎は昭和十六年に発表した「元治元年」が代表作となったものの、戦後は邦枝完二の下請けをするなど、あまり振るわなかったが、上京後の中井とはまだ接触があった。

それでは中井の大学時代を眺めてみよう。

東大独文と同人誌

五高を卒業したあと、中井正文は昭和八年、東大独文科（正式には東京帝国大学文学部独文学科、以下、東大独文と略す）に入学、西新宿・成子坂のアパートに下宿し青春を謳歌する。

昭和十年代の東京帝大は、東京市本郷区本富士町を中心に、森川町、龍岡町、湯島両門町、向井ヶ丘弥生町、駒込東片町などに拡がっていた。文学部の研究室は正門を入ってすぐ右側、俗にいう赤門方向に向いてからすぐ左側に入ったところだ。

中井の小説に出てくる落第横丁は正門・赤門の前を南北に走る本郷通りを西に渡って少し西に入った辺りにあったものと思われる。

東大時代　中井冬夫氏蔵

大学生の中井が東京で属していた同人雑誌は少なくない。

今日の文學社発行の『今日の文學』昭和八年三月号に中井は、創作「イワン・ベギリソフ商会」を寄稿しており、かつて『新文學派』を主宰していた長崎謙二郎が「文藝時評」を書いている。南専一郎が発行していた『鳥』第一輯

（昭和八年七月）には、創作「村の赤鬼」を、十二月号にも創作「ランプ」を寄稿している。

昭和九年五月創刊の『文學書翰』には創作「失はれた幸福」を、翌六月号ではヘルマン・ヘッセ作「街の早春」を翻訳・掲載し、同七月の『書翰』（『文學書翰』改題）には創作「旅への誘惑」を発表している。

同じく昭和九年の『文藝汎論』八月号における短篇小説九人集には「竹の花」を、同年十二月号には創作「石田の話」を載せている。

さらに『今日の文學』昭和十一年新年号のコラム「手帖」で、中井は「古い革嚢に新しい酒を満たして頑張ります」と述べている。新年号における住所は東京市本郷区臺町卅六昇龍館となっていた。

だが同人誌の中で、大きな影響を受けていたのは『星座』である。これは慶大出身の矢崎弾が主宰し、石川達三らが出していたレベルの高い同人誌である。昭和十五年に「上海」で第十一回芥川賞候補となった池田みち子、「夏の思い出」を作詞した江間章子や、すでに作家街道に入っていた大田洋子がいた。

中井は『星座』に、エッセイ「望蜀」（昭和十一年四月）、トオ《ママ》マス・マン作・中井正文訳「アンドレ・ジイド斷章」（同年七月）、「ジイド斷章（完）」（同年十月）、ルポルタージュ・東京「浅草から」（昭和十二年七月）、創作「制服」（同年九月）などを載せている。

　中井は太宰治たちが発行していた『青い花』にも勧誘されていた。本郷に宿替えしていた中井を訪れた太宰は、「神話」という短篇小説の原稿を見付け、『青い花』の第二号に欲しいと言う。中井は同意したが、『青い花』の同人たちが保田与十郎の『日本浪漫派』に合流したため、第二号はお流れとなった。

　ここでの発表は不発に終わったが、壇一雄、織田作之助らとの交流も生じたから、無駄になったわけではない。後輩の梅崎春生も作家志望仲間である。中井は、無頼派作家志望のおかしな連中と交わりながら、文芸同人誌とは何かを模索したらしい。

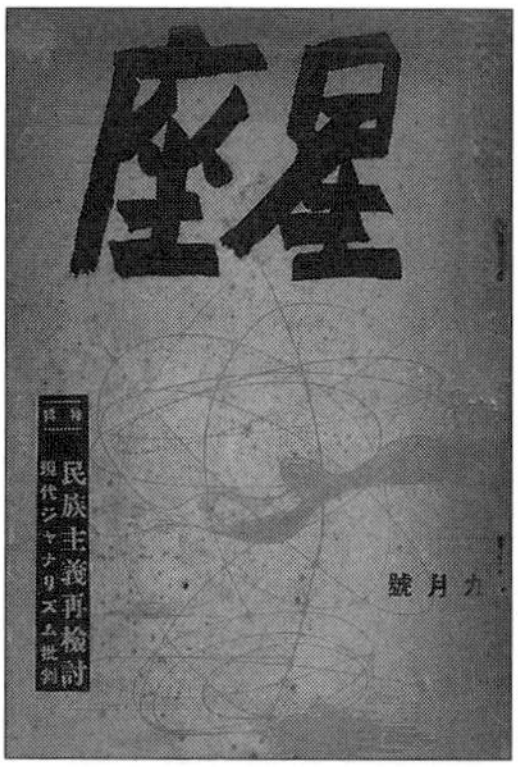

創作「制服」を載せた『星座』　中井冬夫氏蔵

　勉学のほうでは、同期に秀才の佐藤晃一がいてトーマス・マンを研究していた。彼も終生の友で第二章にも登場するが、トーマス・マンといえば、一九〇一年に『ブッデンブローク家の人々』で名声を馳せ、『ヴェニスに死す』や『魔の山』で作家として地位を不動のものとし、一九二九年にノーベル文学賞を受賞した大作家である。

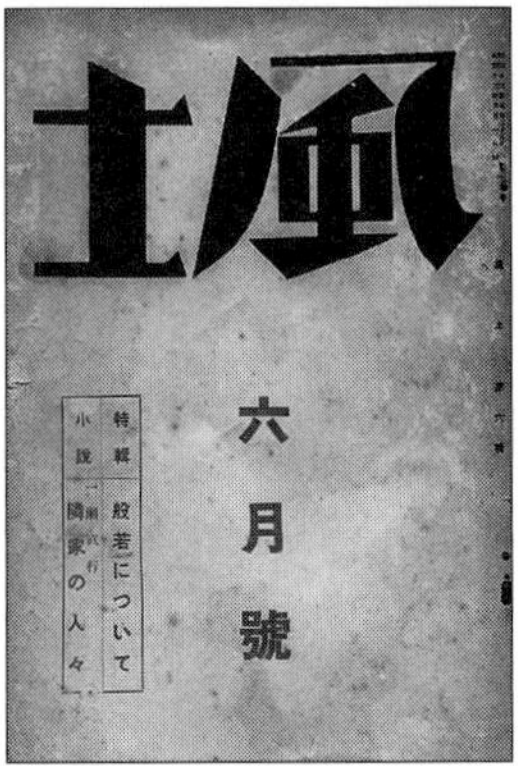

「私信」を載せた『風土』
中井冬夫氏蔵

佐藤だけでなく、二年早く東大独文を卒業した高橋義孝もトーマス・マンを研究している。彼らに対抗するためには、まともな大作家ではダメだろう……。

　そうした頃たまたま、プラハ生まれのチェコ人でドイツ語による作品を発表していたフランツ・カフカという作家の全集を手に入れることができた。戦後のカフカは実存主義文学の開祖としてもてはやされるが、戦前はまだ知る者は少ない。

　これなら佐藤も手を出さないだろうと、いささか変則的な理由からカフカ研究が始まるが、主たる関心は作家修行である。先述のように無頼派じみた連中と酒を飲んでいるうちに、昭和は十一年となり三月に卒業した。当時の大学令によれば、大学の年限は三年に短縮されていたので、卒業すると大学院に入る。

　ところが十三年四月に同大学院を中退し、私立杉浦青年学校の教諭（十四年三月退職）をしながら作家への夢を抱き続けていた。中井はこの年の『風土』四月号に小説「天使となる女」を書き、六月号に、同人・秋山正香[9]の小説集『般若』の出版を賀して、「私信」と題した短文を載せている。

その中で中井は、自分が本郷の大学に入って間もない頃、『新早稲田文學』で秋山の私小説に堕さない作品を読んで感心したことに触れ、《酒徳利をさげて行つて、まだインクの匂ひのする書物を肴に夜を徹して呑みたい》と述べている。

また昭和十三年十月の『風土』では、田中令三の詩集『祈禱歌』の批評でゲーテ、ゲオルゲ、リルケの名を挙げ、「友よ、酒をのまう。酔ひしれて唄を歌はう」と語りかけている。翌十一月は小説「巨匠」である。翌十四年の九月号では一瀬直行創作集に関し「隣家の人々」について」の批評を載せている。さらに昭和十五年の新年号では「東一郎の小説の世界」を書き、四月号では小説「北国の美しい河[10]」を載せ、十六年七月号には「阿蘇活火山」が登場した。

第3節　禍福は糾《あざな》える縄の如し

「神話」の運命

中井は昭和十四年に中央公論社が主催した「知識階級総動員」の小説募集に、書いたまま温めていた「神話」を出すことにした。それが「一等入選だ」と中井に連絡してくれたのは、中央公論社の文芸主任だった畑中《はたなか》繁雄である。ごく簡単に粗筋を述べておこう。

――宮島の対岸の春、村のお寺の灌仏会《かんぶつえ》(11)の日に会った若い農村の卯之助と漁村のきぬ。おかげんさんと呼ばれる夏の管弦祭の日に会う約束をして別れる。漁村の連中は山奥の人を無能あつかいにするので、結婚するには困難があるだろう。ところがきぬは倒れた煙突の下敷きになって死ぬ。卯之助は彼女の面影を追って海に出る。幻想的な後追い心中の恋物語……中井が生まれ育った地御前が想定されるとしても、時も所も抽象化された世界の話――

戦時中という時代背景を感じさせない永遠の真実を追求した物語だが、「恋愛ものは不可」との陸軍の通達により、中央公論社の幹部は動揺し自粛しようとする。以前から軍部の言論統制に抵抗していた畑中は、この自粛案にも異議を唱えたが無視され、昭和十五（一九四〇）年に入選作が発表された時には、もとは二位だった大田洋子の「海女」が入選作として掲載される。中井正文の「神話」は二等入選として、誌面に紹介されただけであった。

一九四〇年といえば日・独・伊の三国同盟が締結された年である。中井より五歳年長の畑中は、事情が事情だから深く中井に同情し、中井のことは「なんとかしなければならない」と決心していた。彼は中井の作品を世に出そうとしていたのである。

畑中はドイツの女流作家エレン・クラットの「従軍記」を中井に翻訳させ、『中央公論』や『女性公論』に掲載させたのだった。さらに昭和十六年、中央公論社編集長となった畑中繁雄は中井正文に、恋愛ものでない小説を書くように勧めたのだ。

太平洋戦争の始まった昭和十六年十二月、中井は広島に帰り、十七年四月より廣島実践女学校教諭となる。(古い記録では文字の「廣」が使ってあるが、以下すべて現行の「広」にさせて頂く)だが文学を諦めたわけではない。

その年、男っぽい山岳青春小説「阿蘇活火山」(初出は『風土』昭和十六年六月)が『中央公論』に載った。その時の編集長は畑中繁雄である。中央公論社としては、本来なら一位であった「神話」の時の、罪滅ぼしの気持ちがあったのかもしれない。

「阿蘇活火山」のこと

さらに「阿蘇活火山」はドイツ語に訳され、ドイツの文化雑誌にも載った。これは日独伊三

『阿蘇活火山』　中井冬夫氏蔵

国の文化を宣伝する企画に拠ったもので、小説として日本からは中井の「阿蘇活火山」が選ばれたわけで、これには中井正文の写真とともに、海軍大学校校長だった海軍大将の高橋三吉と陸軍きっての文人である本間雅春中将、おまけに挿絵やドイツ側責任者らしいナチス・ドイツ将軍の写真まで付したものだった。

　そして昭和十八年一月十一日には、『阿蘇活火山』（風土社）が刊行された。この本は戦争末期のものなので、日本出版配給が配給元になっており、装幀は二科会の野村守夫。定価二円五十銭で三千部発行している。

収録作品は表題作の「阿蘇活火山」の他、「幸福の方法」「落第横丁」「巨匠」「厳島合戦」の五作であった。

「厳島合戦」は中井には珍しく時代小説である。長崎謙二郎の影響かもしれない。毛利元就と陶晴賢の合戦の話だが、同人雑誌に発表した際「自分がいないから失敗作だ」と批評された由。『阿蘇活火山』に収録する際、そのことを「前文」として入れている。

「幸福の方法」は、大学を卒業しサラリーマンになったが作家への夢を忘れられない男の話で、会社のタイピストとの淡い恋物語も絡むが、彼の書く小説は次のようなものだった。

作中で、《彼の作風は云はば心理分析小説であつて、好んで個人の不安な心理を主知的に追求したものであるが、大體は暗い救ひのない主題が多かつた》と述べており、この主人公（＝作者・中井正文）の文学観からは、シュニッツラーが感じられる。

「落第横丁」（初出は『文藝主潮』昭和十七年七月号、創作特輯号）は本郷の学生街の一角にあり、おでん屋やミルクホールや、碁会所や玉突き場などがずらりと並んでいて、その魅惑に取りつかれた学生たちは、気付いてみると落第坊主になっていた、という背景の中で筋書きが展開される好短篇だ。安岡章太郎の「悪い仲間」が思い出されるのは、どちらも不良っぽい学生が出てくるからだろうか。

「巨匠」は『風土』（昭和十三年十一月）掲載の文壇を舞台にした小説であり、田山花袋をもじったような鮎川酔花の話。華々しくデビューしたものの、妻には先立たれ、落魄の晩年を送り、最後は行き倒れとなる作家の物語だ。作中の文士の頭の中には、次のようなものがあった。これは作者の脳裡に去来するものと思われるので、引用しておこう。

獨逸のいはゆる教養小説の型式をとり、ひとりの芸術家の生涯の魂の発展の物語が主題となるものであるが、いつもその背景に明治、大正、昭和と三代にわたるめまぐるしい時代の推移、世相の転変といったものの正確な描写を密接に独自の方法で組み合わせたい、と酔花はかねがね望んでいた。

教養小説 der Bildungsroman とは、たとえばゲーテの『若きウェルテルの悩み』や『ウィルヘルム・マイスターの修行時代』のような長篇小説をいうのだが、不運はまだ続く。

第4節　先生と呼ばれる人

兵役の前後

中井の精神的な古里ともいえる『星座』は昭和十年八月号で発禁処分となり、矢崎は十二年に人民戦線事件(12)で検挙された。

先述したように中井は昭和十四年三月に私立杉浦青年学校を退職したあと、十四年四月から十六年十一月までは私立日本精工青年学校教諭として教鞭をとっている。

この間、彼は脇坂房子（一九一七〜四七）と結婚し、昭和十五年五月二十七日に婚姻届けを出している。二人の間には、昭和十五年九月十日に生まれた長男文彦がいた。

さらに昭和十七年の三月十九日に長女聖子《きよこ》が生まれ、喜びに包まれながら四月から広島実践女学校教諭となる。『文藝主潮』の七月号には「落第横丁」を載せた。

この実践女学校は、昭和十六年（一九四一）に、「広島商業実践女学校」として井口村（現・広島市西区）に開校した。広島ガスと広島電軌の前身である広島瓦斯電軌が、地域貢献のために作ったものだ。昭和十八年には広島実践高等女学校に改称した。

この年、大日本雄弁会講談社の『現代』二月号に、少年工を扱った中井の創作「鋼鐵の子」が載った。編輯後記では《中堅新人の張切つた作品》と、プロ扱いを受けている。

中井の支援者だった畑中繁雄は昭和十九年、横浜事件に連座して退社した。これは昭和十七年から二十年にかけて行なわれた『改造』『中央公論』および新聞等に対する弾圧事件だ。

中井自身はガダルカナル行きの第二国民兵・補充兵として福山連隊に召集され、昭和十八年一月二十日、福山第六三部隊梅田隊第四班へ入営する。『阿蘇活火山』の発行が一月十一日だから、すれ違いになりそうなところだ。すでに一年前、アッツ島の日本軍は全滅していた。行けば生還は期し難い。ところが事態は意外なほうへ急展開した。

例のドイツで出版された雑誌が福山連隊のお偉方の目に触れ、こうした大文学者を殴り飛ばして怪我でもさせたら大変だ。そこで健康上の理由という名目をつけられ、さっさと除隊・帰郷になった。同年四月十日のことである。

ここまでは、めでたい展開だった。だが昭和十九年になると戦争は最後の局面に入っていた。大学生は学徒出陣で前線へ、旧制中学生・女学生も勤労動員に駆り出され、教諭はその引率者の任を与えられていた。中井正文もそうした一人であった。

ところが、それでも中井は小説書きを止められなかった。

戦争末期と原爆

終戦間近な昭和十九年の年末、全国の同人雑誌は統合され『日本文学者』(発行者・篠崎正)一誌になっていたが、その十一月号に載せた中井(三十一歳)の「寒菊抄」は、安孫子毅(二十九歳)の「新田誌」・佐藤善一(三十八歳)の「とりつばさ」とともに、昭和十九年下半期(第二十回)直木賞の最終選考にまで残ったのである。

これは文学青年である女学校の教師と二人の女学生に校長が絡む戦時下の青春小説だ。

しかし選考の日、六名の選考委員のうち井伏鱒二、大仏次郎、獅子文六、吉川英治の四名は欠席し、来たのは中野実と濱本浩の二名だけだった。「寒菊抄」は他の二人の作品も含め、翌年二月の発表時には「該当なし」となっていたのである。

戦局が逼迫したため有耶無耶になってしまった、という感じがしないでもない。「神話」のことと思い合わせると、まことに不運な話である。

戦局の逼迫とともに、不運な人びとの数は増えようとしていた。

中井がいた広島実践女学校と多少関連のある広島電鉄家政女学校は、男性が戦場に行き、運転手不足に対応するため、国民学校（現在の小学校）と高等科卒の女子を運転手にしようと、皆実町（現・南区）に作った実業学校で、昭和十八年に開校[13]したものの、二十年九月に廃校となる。被爆時には、実践女学校に避難した生徒もいたという。

それはともかく昭和二十年八月六日、中井は勤労動員となった広島実践女学校の学生を引率して動員先にいた。

磯部義國[14]によれば、勤労動員の引率は交替で行われ、学校勤務もあった。中井が引率していたのは宮島の包ヶ浦兵器廠と広島市西大工町の千田工作所である。西大工町は、現在の広島市中区榎町・堺町二丁目・西天満町にまたがる一帯であり被害は大きい。幸い千田工作所は、六月に佐伯郡五日市海老山《いつかいちかいろうやま》（現・広島市佐伯区海老山町）へ工場疎開していた。中井が担任であった一期生蘭組は、主としてこの工作所だった。陸軍兵器廠のほうは一期生松組と二期生蘭組の一部だったが、六月に広島市内霞町（現・南区霞）の本庁に配置換えとなっている。『広島原爆医療史』(15)によれば、彼が奉職していた広島実践高等女学校や、対岸の宮島にあった厳島国民学校は仮設救護所になっていたし、中井の実家のある地御前村には、四〇三九名の被爆者が避難していたという。

こうしたことから原爆へのこだわりが生じ、作品になんらかの影響を与えたことが推測される。広島実践高等女学校と「寒菊抄」のことは第四章の第3節で再び取り上げることとして、戦後の歩みへと筆を進めてみよう。

【註Ⅰ】（出版年月における和暦・西暦の表記は、著書記載通りとした）

（1）中井正文先生の生い立ちの大半は、著作権継承者である中井冬夫氏から教えて頂いた。

（2）分娩直後から約二〜六週間迄の乳児。

（3）葉山弥世「中井先生と私」（『広島文藝派』復刊・第三十二号、二〇一七年九月）。以下、たびたび引用されている。

（4）旧制高等学校資料保全会編『日本寮歌大全・別巻旧制高等学校寮歌集』（国書刊行会、平成八年二月）等を参考にした。天瀬は十二番までの歌詞を見せて貰ったようだが定かでない。

（5）『龍南』のこの号には創作「村のマック・ジョンソン」「午後」も載っており、その他に、手記「芦田氏の死と私」（二二五号）、創作「不良少女」（二二一号）、短篇集「僕のフヰルム」（二二九号）などがある。

（6）安藤欣賢「散文　束の間の自由が生んだ文学風土」『掘り起こす広島の文芸―大正デモクラシーから終戦まで―』広島市文化協会文芸部会、平成二十一年四月

（7）無声映画に対する発声映画（いわゆるトーキー Talkie）が登場したのは一九〇〇年のパリで、商業的に本格化するのは一九二〇年代の後半になってからだった。日本では一九三一年（昭和六年）からである。

（8）天瀬裕康『悲しくてもユーモアを―文芸人・乾信一郎の自伝的な評伝―』論創社、二〇一五年一〇月

（9）秋山正香《しょうか》（一九〇三～一九六六）は埼玉県生まれ、家業の足袋屋を継ぐため早大政経学部を中退したが文学は忘れ難く、『般若』は昭和十三年上期の芥川賞候補になった。

（10）昭和十五年一月から四月までの作品を対象に、改造社の第一回文芸推薦作品の募集があり、中井の「北国の美しい河」も推薦作品の中に入っていたが、『海風』四月号に載った織田作之助の

短篇「夫婦善哉」が当選した。

（11）四月八日に釈尊の降誕を祝して行なう法会。仏生会、花祭なども言う。

（12）人民戦線事件とは、昭和十二年十二月と翌年二月に、反ファシズムの統一戦線を作ろうとした学者グループが治安維持法で一斉検挙された事件。

（13）堀川恵子、小笠原信之『チンチン電車と女学生』日本評論社、二〇〇五年七月

（14）磯部義國『鈴峯学園物語』第一、二、五、六集（私家版）に載っている。

（15）広島原爆医療史編集委員会編『広島原爆医療史』財団法人広島原爆障害対策協議会、昭和三十六年八月

第二章　昭和戦後の長い日々

第1節　作家志望の教育者

教育者としての中井

戦後の日本はアメリカの指導により、六・三・三制が導入され、旧制中学も旧制高校も姿を消し、大学も変容した。

医学部だけは例外的に六年間だったので、卒業時の年齢は旧制と等しかったが、四年制新制大学の他の学部は旧制と比べるとすべて二年短縮し、旧制専門学校並みになったのである。

戦前から教育者であった中井正文の戦後は、昭和二十一（一九四六）年四月より広島女子高等学校教諭となることから始まり、二十二年四月には鈴峯女子専門学校教授となった。

ここで昭和期における中井の教職の跡を列記してゆくと、昭和二十五年四月には鈴峯女子短期大学教授となったが、九月から広島大学皆実分校講師へ転職(1)する。

広島大学への奉職を薦めたのは、第一章に出てきた東大独文同期の佐藤晃一だった。秀才の佐藤は、一度兵役に就いたものの旧制一高（東京）教授を経て、戦後の昭和二十三年からは東大文学部の助教授になっていたが、文学青年の名残りもあった。

中井のほうは昭和二十六年四月に広島大学皆実分校助教授となった。この頃の論文は三編が残されている。

「ヘルマン・ヘッセにおける「巨母」の概念」Masabumi Nakai, Der Begriff „Magna Mater“ bei H. Hesse 日本独文学会『ドイツ文学』、昭和二十五年十二月

「カフカの出発」『近代文学』近代文學社、昭和二十九年一月

「カフカのアメリカ・ロマンの成立」日本独文学会『ドイツ文学』、昭和二十九年十一月

昭和三十年十月には広島大学皆実分校教授、三十六年三月には広島大学分校教授、三十九年四月には広島大学教養学部教授となっている。四十九年六月には広島大学総合科学部教授となり、昭和五十一年四月一日に停年退職した。

一般的には「定年」だが、大学・自衛隊では「停年」が用いられる。同年四月十三日、広島大学名誉教授となっている。

同じく昭和五十一年四月二日には広島工業大学教授に就任し、平成二年三月まで勤めた。

この大学は、学校法人鶴学園が設置する電子工学科、電気工学科、機械工学科、建築学科、

経営工学科を置く工学系の四年制の私立大学で、佐伯郡五日市町（現・広島市佐伯区）三宅にある。鶴学園は昭和三十二年に設置され、広島工業大学は三十八年に開学し、キャンパスは五日市をメインに、広島市安佐南区や中区にもあり、五日市キャンパスには体育館や図書館が立ち並んでいる。

中井が、その広島工業大学附属図書館長になったのは昭和五十五年四月で、五十六年三月まで務めた。

昭和六十一年四月、勲三等旭日中綬章を受章した。中井正文の叙勲は教育者に対してのものであろうが、地方文壇への貢献も大きかったはずだ。

作家への再稼動

教育者としての中井正文の経歴からすると、すべてが順調にすすんだように見えるが、文芸活動は占領軍の『プレスコード』（新聞準則）により多くの困難があった。その状況は『占領期の出版メディアと検閲　戦後広島の文芸活動』[2]に詳しい。

だが中井正文には、さらに個人的な悲劇も加わるのだった。それは終戦の年に発した日本全体の一般的な衛生状況の悪化がもとになっている。

その一つは疫痢のため、昭和二十年の九月に長男文彦と長女聖子が死んだことだ。昭和二十一年九月十一日には次女京《みやこ》が生まれたが、そのあとにもう一つの不幸が待ち構えていた。同二十二年十一月十九日における妻房子の死である。

すぐ忘れられるような悲しみではないが、実生活と文学活動を立て直すため、房子の死から一年を経ると彼は七歳違いの田中美代子と結婚した。昭和二十四年一月二十日に婚姻届けを出している。

同年九月三日には次男光夫が、二十六年十一月二十九日には三男冬夫（著作権継承者）の誕生があり、三十年二月十日には三女晶子が生まれ、これで一段落したので話を文学面に移す。

災害などで中央の出版界が低調になると、地方での活性化が起こる。関東大震災の時もそうだったが、太平洋戦争直後にもこの現象が見られた。

広島では、終戦翌年の昭和二十一年三月に反戦反核をバックボーンとした『中国文化』をはじめ、商業誌を狙った婦人雑誌『新椿』[3]、総合雑誌『郷友』（同年六月）などが創刊号を出している。表紙に『郷友』と「郷」の字を使った時もあるが、多くは「郷」としてあるので『郷友』で統一しておく。原爆特集から出発した『中国文化』に対し、『郷友』には原爆ものはな

文彦名義の「河」を載せた『郷友』 中井冬夫氏蔵

い。

中井文彦のペンネームで正文が小説「チロル珈琲店」を掲載したのは、創刊翌月の七月號（第一巻第二號）であった。表紙には「號」でなく「号」が使ってあるので、号で表記させて頂きたい。発行所は安佐郡古市町の郷友社で、印刷所は広島県佐伯郡大竹町の中國共同印刷だ。

同年十一月号も中井文彦名義で「映画女優」を載せている。ちなみに「文彦」とは、前年の九月十八日に疫痢のため五歳で夭折した正文の長男の名である。原民喜の甥の文彦とは、特に関係はない。

正文は、広島大学の仏文で教鞭をとっていた井上究一郎や作家の若杉慧、日本ペンクラブ会員の田辺耕一郎らと「広島文學者会」も立ち上げていた。議論は好まないほうだが、人格・見識においてはリード・オフ・マンだった彼は、昭和二十二年三月の『郷友』広島文学者会特輯号にも文彦名義で創作「河」を発表した。以後も文彦名義が続く。

すなわち八月には「天使となる女」第一回、昭和二十三年四月の第三巻第二号で「天使となる女」は終回となる。六十四頁で定価は二十円。印刷所の中國共同印刷は、呉市海岸通りに移転している。

昭和二十三年八月には「いつくし文庫」が発行する『文学探究』が創刊号を出した。編集者は広島文理科大学国語国文学研究室内日本文学談話会・代表中川徳之助であり、発行者は佐伯郡廿日市町田中吉一であった。

中井文彦（中井正文）は論考「トオマス・マン」を書いている。これは未完で九月号で完結する。

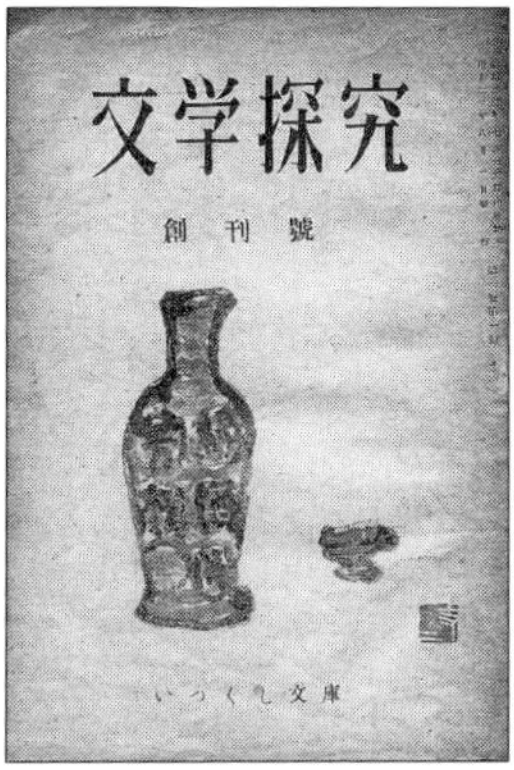

文彦名義の「トオマス・マン」を載せた『文学探究』　中井冬夫氏蔵

次の十月号と十一月号で、中井文彦は「シュテファン・ゲオルゲ」について書いている。この詩人については、第三章で取り上げよう。

「いつくし文庫」は昭和二十四（一九四九）年に、今度は中井文彦でなく中井正文名義の作品集『神の島』を出版した。この扉裏に印字されている《逝ける房子に》の言葉は、亡き妻への献辞であり、再婚に関する気持ちのけじめをつける意味もあったのかもしれない。

この本には表題作の「神の島」の他、「一顆の梨」、「赤門界隈」、「チロル珈琲店」に加えて、単行本既所収の「阿蘇活火山」も収録された。

またこの年は約一年間、広島図書の雑誌に、すべて中井文彦の筆名で執筆している。

広島図書の《ぎんのすず》(4)は、昭和二十一年八月六日、広島児童文化振興会発行のタブロイド版『ぎんのすず』創刊号から始まり、昭和二十一年十月から雑誌になった。低学年用、高学年用『銀の鈴』、二十二年九月には中学生用『銀鈴』、十一月に『新科学』、二十三年四月『プレイメート』、二十四年一月に『新社会』、二十四年四月に中学生用『理科と社会科』が創刊された。『銀鈴』は二十三年四月から『青空』と改名して女学生用教育雑誌となる。戦後の一時期ではあったが、広島から全国的な発展を遂げたこの会社の存在意義は大きい(5)。

中井文彦の作品は、すべて昭和二十四年の諸雑誌であり、教師と作家を混じた立場の仕事だったのである。

以下、渡辺玲子の「中井先生と広島図書㈱の雑誌―その執筆内容の概略と展開(6)―」を参照しながら、略記しておきたい。

第2節　広島図書での仕事

名画鑑賞　APPRECIATION OF FINE ARTS

昭和二十三年四月創刊の女学生用教育雑誌『青空』の裏表紙には名画の紹介があり、解説が附記されている。二十四年一月号と二月号の解説は広島の画家・大木茂が担当し、三月号から中井文彦が解説者となった。

中井文彦が三月号から九月号まで書き、そのあとを三岸節子[7]が二回担当している。

中井の解説した作品を順に要約していこう。

「正午のお休み」　昭和二十四年三月号　グレゴール・フォン・ボッホマン

ボッホマンは、一八五〇年エストニアの田舎に生まれた。のちにライン河畔のデュッセルドルフ市に住み、ドイツ画風の影響もうけ、ドイツ画壇の巨匠の一人として数えられている。

掲載の画は故国の懐かしい農村風景を写したもの。

「庭に立つ女」　昭和二十四年四月号　アンリ・エドモン・クロス

クロスは、一八五六年北フランスのドゥエーのコミューンで生まれた、後期印象派に属するフランスの画家。主としてパリで修業した。人物も背景も普通の画の様に描きあらわさないで、様々な色彩の「点」で表現している。

「薔薇圖」　昭和二十四年五月号　梅原龍三郎

一八八八年、京都で生まれた梅原は、一九一四年まで梅原良三郎を名乗っていた。ヨーロッパで学んだ現代日本洋画界の第一人者。色彩感の燃えるような豊富な画を描く。バラは彼の得意とする画材である。バラの内面を深くつかんで、芸術の秘密を見るようだ。

「森の中のお八つ」　昭和二十四年六月号　アンリ・ルバスク

一八六五年、ルバスクはフランスの田舎で生まれ、画家生活の大部分をパリで過ごした。印象主義の流れをくむ大家の一人。木陰の草のクッションの上に持参のおやつを子供たちに与えている光景は、人生の片隅にある幸せの情景を思わせる。

「グラン・ジャットの日曜日」　昭和二十四年七月号　ジョルジュ・スウラア

一八五九年パリに生まれの、新印象主義の代表的な画家である。この画は彼の晩年を飾る傑作の一つで独特な点描で描かれている。題名のグラン・ジャットはセエヌ河中の島の名でパリ人が好んで愉しむ場所でありながら、この画から一抹の哀愁感がほのぼのと漂う。

「ポール嬢の像」　昭和二十四年九月号　エミイル・アントニオ・ブゥルデル
一八六一年、南フランスに生まれた彫刻家である。六十八年の生涯に数百点のすぐれた彫刻、百数十点の絵画、数千枚のデッサンを残した。この画はパステル画であるが、可憐な少女の瞬間の表情を正確なデッサン、力強い色彩のタッチで描いている。

「偉大なるゲェ《ママ》テの生涯」

この作品は、『理科と社会科』昭和二十四年八月号に載った伝記物語である。発行年（昭和二十四年）の八月がゲーテ生誕二百年に当たるので、それに合わせて掲載された。

ドイツ精神史の象徴ゲーテとなれば、ドイツ文学者の中井正文（文彦）には、うってつけの仕事だったと言えよう。表題ではゲェテとドイツ語のGoetheの発音に近い言葉で表記しているが、本文中はゲーテとしてある。次頁の囲み記事は、文彦（正文）自身の言葉である。

――一七四九年八月二八日、ヨハン・ヴォルフラング・フォン・ゲーテは南ドイツに生まれた。一九四九年が生誕二百年にあたる。法律家の父の長男として生まれ、美貌で頭のよい、人からも愛された少年だった。

ゲーテの幼い頃

ゲーテの幼い頃の小学校は、程度が低く乱雑だったので、父親はゲーテの教育を全部家庭で行い、お父さんからラテン語、ギリシャ語、ヘブライ語、フランス語、英語、イタリー語、地理、歴史、数学、図画、音楽、舞踏、撃剣、馬術までならい、絵は後に画家になろうかと思ったほど好きであった。

十六歳で故郷を離れ、法律の勉強のためライプチッヒ大学に入学、卒後ヴェッラアの最高裁判所の見習いの時知り合った娘との三角関係を書いたのが『若きウェルテルの悩み』で読者の感動をかい、若者たちの熱狂ぶりはたちまち多くの人の知るところとなり、ゲーテはドイツ一流の作家の一人となった。またこの小説の中の挿絵で着ているチョッキやズボンが流行したほどで、ナポレオンも愛読者となり、戦争へ出征するたびにこの本を持って行ったという。ナポレオンを介してワイマール国王アウグストに出会い、二十六歳の時、ワイマール国に招かれて、五十年以上もそこで暮らした。

この間、大臣として、忙しい政務関係の仕事をしている中、自然科学領域でも研究をしつづけ、彼の伝記と文学作品は世界各国で研究されている。

彼はワイマールで多くの詩や戯曲などを書いた。『ファウスト』や『ウィルヘルム・マイスターの教養・遍歴時代』を書いたのもこの時代である。

ゲーテは一八三二年「もっと、光を！……」の言葉を残して死んだ。かつてゲーテの住んでいた大きな家は、そのままゲーテ博物館となっている。

「みずうみ物語」

この作品は女学生用教育雑誌『青空』の昭和二十四年十一月・十二月合併号に掲載された。

原作者のテオドール・シュトルム（一八一七〜八八）は、キール大学で法律を学び、故郷のシュレスウィヒ・ホルシュタイン州のフーズムで弁護士を開業。一八六四年、州知事として迎えられ、晩年に珠玉の短篇を六十編ほど書いた。詩人としてはアイヒェンドルフやメーリケに比せられている。この絵物語のもとになった『みずうみ』Immensee（一八四九）をはじめ、彼の作品に一貫するのは哀愁と諦念であり、郷土の風物と庶民の生活だ。

原作は物語の登場人物が作中で別の話をする枠物語 Rahmenerzälung の型式を使っているが、理解しやすいように処理してある。

――ある晩秋の晴れた午後、美しい湖の傍らに立った若い旅人ラインハルトが「ああ、みずうみだ！」と、思わず叫ぶ。

すると旧友のエリッヒが出て来て二人は握手をした。エリッヒの妻エリイザベトには、ラインハルトの来ることを隠してあるらしい。エリッヒに案内されて湖畔の家へ近づくと、庭のテラスに腰かけていたエリイザベトは、あまりにも意外なことにしばらくは声も出ない。

――ラインハルトとエリイザベトは同じ村の近くに住んでいた。五つ年上のラインハルトは可愛いエリイザベトに詩を書いたものだが、ラインハルトは遠い都会の大学に行き、エリイザベトには悲しみの日々となる。ラインハルトは学生生活を謳歌し、ある復活祭の時、故郷に帰ってきたが、また別れの日が来た。その後、彼からの便りはなく、彼女は諦めるより仕方がない。他方、ラインハルトは故郷の母から、エリイザベトが結婚するという手紙を受け取る。

――このような過去のいきさつがあった後、ラインハルトは、旧友のエリッヒの招待に応じて、故郷を訪ねてみる気持ちになった。エリイザベトをなつかしむ心が彼を旅へいざなったのかもしれない。二人は過去を懐かしむ。ラインハルトは湧き出る悲しみをどうすることもできなかった。「いざ、死なむ、いざわが身ひとり……」

古い歌の文句が耳のそばへひびいてくる。ラインハルトは机のそばへ行き、三、四行何か書き、帽子とステッキをとって、玄関に向かう。外に出るとエリイザベトが立っている。もう二度と会うことはない……。

原作では老人が静かに思い出に耽る場面から始まるので、抄訳というより翻案の創作に近いが、『青空』に載っている物語の構成も若き日の思い出として語られている。

女学生用教育雑誌『青空』等に執筆した昭和二十四年は鈴峰女子専門学校教授の時代であり、

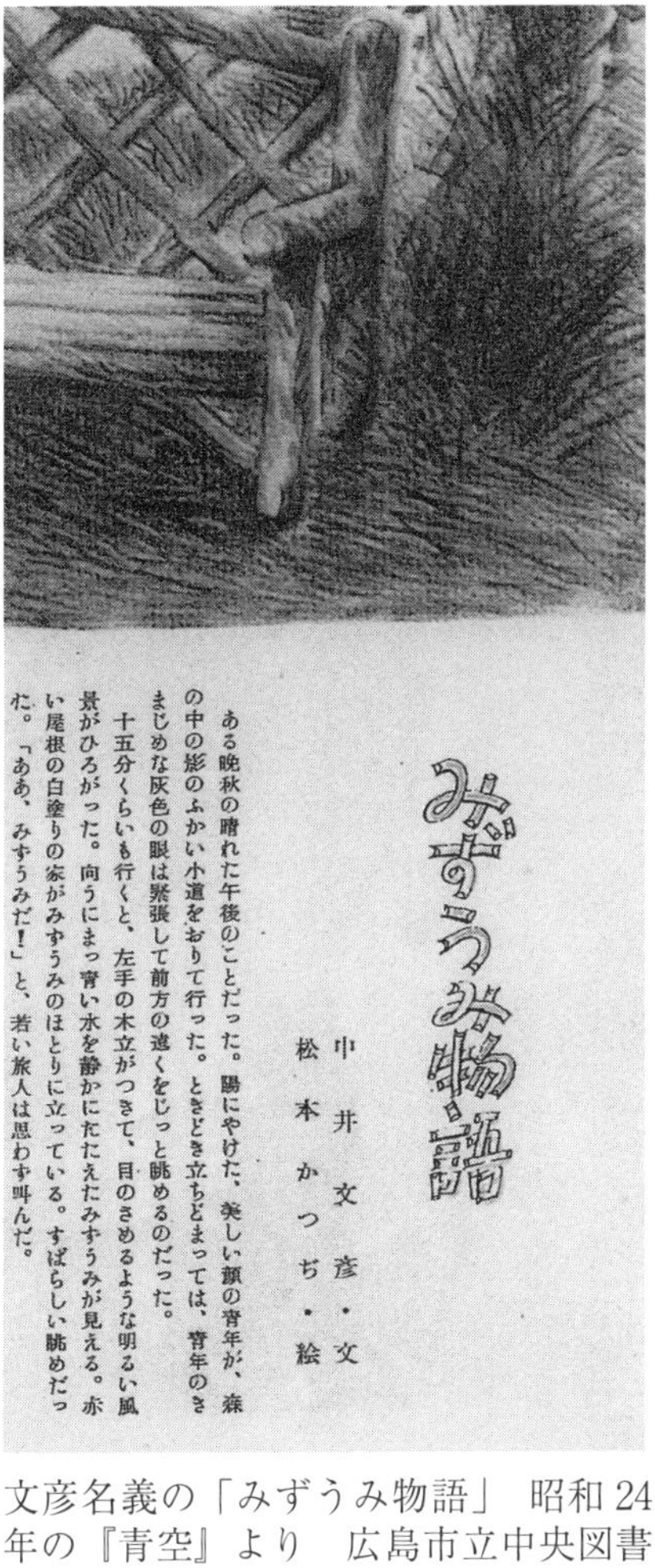
みずうみ物語
中井文彦・文
松本かつぢ・絵
ある晩秋の晴れた午後のことだった。陽にやけた、美しい顔の青年が、森の中の影のふかい小道をおりて行った。ときどき立ちどまっては、青年のきまじめな灰色の眼は緊張して前方の遠くをじっと眺めるのだった。
十五分くらいも行くと、左手の木立がつきて、目のさめるような明るい風景がひろがった。向うにまっ青い水を静かにたたえたみずうみが見える。赤い尾根の白塗りの家がみずうみのほとりに立っている。すばらしい眺めだった。「ああ、みずうみだ！」と、若い旅人は思わず叫んだ。

文彦名義の「みずうみ物語」 昭和24年の『青空』より　広島市立中央図書館蔵

執筆依頼は自然な流れだったように思われる。執筆がこの年で終わったのも、服務規程のうるさい国立大学（広大）へ転じた年だったことからすれば、これも納得しうるだろう。

それでは方向を転じ、昭和戦後の同人誌の動向を眺めておきたい。

第3節　同人誌は花盛り

広島文学協会の軌跡

東京の復興とともに地方での商業誌は成り立たなくなったが、短詩型文学や同人誌は盛んになっていった。戦後初期の広島における最大の組織は、昭和二十五年に発足した広島文学協会であり、梶山季之たちの尽力で『広島文学』を創刊する。

父親の仕事の関係からソウルで生まれた梶山季之（一九三〇～七五）が、父親の郷里である地御前村に引き揚げてきたのは、昭和二十年十一月十三日だった。

京城中学の時代から作家志望だった梶山は、編入された広島二中で、さっそく文芸活動を始める。校誌『芸陽』の復興特輯号に載せた「応援歌」は、からっとして勇壮であり梶山らしい。これを中井の寮歌「椿花咲く」に比べると大きな違いがある。もちろん寮歌と応援歌という違いはあるし、発表の場が旧制高校と中学という差もあるだろう。

しかし、作詩した時点での年齢は、ほぼ同じだったのである。だとすれば、作家としての体質の差によるところが大きいのではあるまいか。

確かに「地御前」という土地をキーワードとした地縁からいえば、中井正文は最も近い人だったが、作家としてのタイプは違いが大きかった。

昭和二十五年九月、梶山季之は同人誌『天邪鬼《あまのじゃく》』を創刊し、二十六年三月に第二号を出版した。このさい、アンケート「同人雑誌に望むもの」に対する四十八名の回答を載せており、この中に大田洋子、豊田清史、中井正文、畑耕一、原民喜、若杉慧たちの名前が見られる。無縁ではない。

さて、前述の広島文学協会が『広島文学』の創刊号を出したのは、昭和二十六年十一月である。編集人は梶山季之、発行人は羽白幸雄、印刷人は中丸知郎、印刷所は佐伯郡大竹町の陽明社だった。表紙・福井芳郎、目次・紺野耕一、扉・浜崎左髪子《さはっし》、カット・宇根元警、浜崎左髪

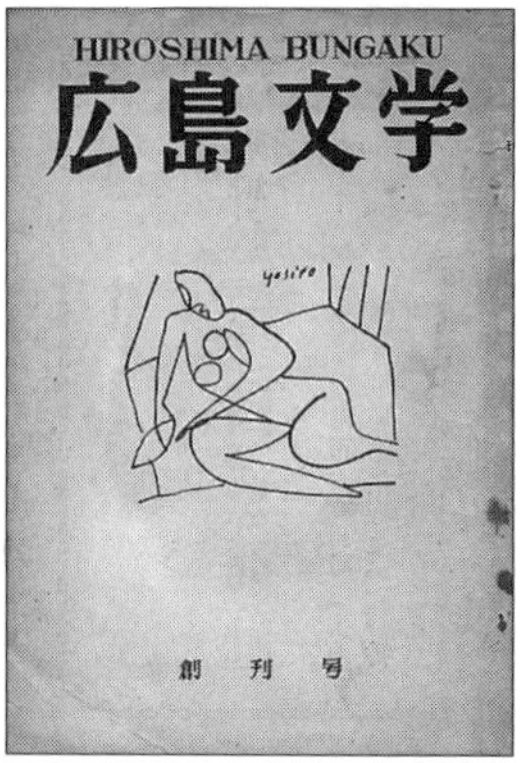

『広島文学』創刊号

子と有名人が並んでいる。

羽白は旧制広島高等学校（以下、広高と略す）文科乙類（ドイツ語）の卒業で、昭和二十四年に広島大学教授になっている。紺野は中国新聞社で、当時の文化面で大いに活躍した人だ。

福井芳郎は広島市生まれ、大阪美術学校卒業後、広島洋画研究所を開設。戦前は東光会会員だったが、戦後、新協美術界の創立会員となる。広島被爆後は多くの原爆画を残した。宇根元警は呉市生まれ、広島県師範学校（現・広大）卒後、独立美術展に第一回から出品、長らく広島県美術展洋画部審査員を務めた。浜崎左髪子は、一九一二年にハワイのヒロ市で生まれたユニークな日本画家、〔梟（ふくろう）〕の志條みよ子が才能を育てた画家で、和菓子「梅坪」のパッケージデザインもしている。一九八九年没。

この創刊号の創作は、中井正文「皇漢堂」、藤澤国輔「をみなうた」、渡邊和馬「美那子」、中村文子「雨」、毛利鹿介「しゃぼん玉」の五編である。

詩は山田迪孝「非情の天」、坂本寿「くらげ」、米田榮作「川燃ゆ」の三編。評論は羽白幸雄

「カフカ斷層」を、紺野耕一が「黒澤明論ノート」を書いている。批評は真下《ましも》三郎と熊平武二がしている。真下は東大文学部国文学科の出身、広島高等師範学校では梶山季之の主任教官だった。熊平は原民喜の幼時からの友人で、熊平金庫の一族である。

ところで奇妙なことに「選考経過」の欄では、予選を通過した八篇の中から藤澤・毛利・中村・渡邊の四作品を掲載することにした、となっていて中井の名は出て来ない。無審査ということであろうか。

中井の「皇漢堂」は、広島の郊外にある皇漢堂という薬局を巡る物語。原爆の被害を受けて主人は死に、女学生だった娘の井口眞佐子は首や腕にケロイドが生じている。そこへ父親の遠縁にあたる大阪の四十男、寺島が現れる。彼は妻を亡くして独身、薬品関係の統制組合に勤めている。旧制広高の学生、磯村は歯磨きのような安いものしか買わないが、大竹の潜水学校跡で授業が始まるのでもう来られない、と言ってラブレターを渡す……。

傑作とは言えないまでも一定のレベルは保っているが、梶山たち若い世代は、この作品を好まなかった。編集人は梶山季之になっているが、中井を含む編集委員会が選考をしたからだ。

この点に関して岩崎清一郎が『安藝文学』87号[8]において《「天邪鬼」「世代」などが合併したというのに、仲間内の作品が入っていない。期待外れが反感を招いた》と書いている。

それだけでなく、戦前派の独走に抵抗しようとした。若い世代は、実権を自分らの手に納めねばなるまいと決意し、画策していたが梶山は昭和二十八年四月、突然上京した。(9)その後『広島文学』は内部で意見の対立が続き、他の事態も絡んで、広島文学協会は昭和三十四年に崩壊した。

短詩型文学と小説

梶山が上京した昭和二十八年、中井正文は杉山赤富士が主宰する『廻廊』(10)の会合には時折顔を出していたようだ。赤富士の句集『権兵衛と黒い眷属』(11)の昭和二十八年新年のところに次のような記載がある。

中井正文教授（広大独文）　小説〈皇漢堂〉などあり。カフカの「変身」等の訳著あり

近着のカフカもふくむ年計か　　堆書ほぼカフカに関す去年今年
追羽子のみちへ象牙の塔を出づ　　おんおぼへありやと賀状艶つくす

昭和29年の家族写真　前列左より京、光夫、後列左より武雄、正文、美代子、ケン、冬夫、昭文　中井冬夫氏蔵

このごろ往来接近、廻廊の厳島探勝句会へも夫婦同道参加

昭和二十八年一月といえば、田中〔旧姓〕美代子との婚姻届けを出して四年、冬夫（のちの著作権継承者）が二歳、中井はカフカをどんどん訳していた頃のことである。広島の文学・文壇からすれば、第一次原爆文学論争の起こった月であった。一月二十五日の『中国新聞』夕刊に、エッセイストで酒場〔梟（ふくろう）〕を開いていた志條みよ子が「『原爆文学』について」と題する一文を寄せ、いわゆる原爆文学への批判を投げつけたのだ。これに対しては賛否両論、二ヵ月間に長短二十編余の意見が出たのである。

中井は直接この論争に加わったわけではない。

作家・翻訳者として立つには、再上京して以前の同人誌仲間や出版社との縁を大切にした方が有利であったが、彼は広島に残ることを選んだ。文学観は志條に近かったと思われる。

前頁に、昭和二十九年八月十六日における中井家の家族写真を載せておいた。系図やこれまでの記載を参照しながらご覧頂きたい。後列左から武雄（父）、正文、美代子（正文の二度目の妻）、ケン（武雄の後妻）、抱かれているのは冬夫（正文の三男）、昭文（武雄の三男）、前列の子どもは左が京（正文の次女、死んだ先妻の子）、右が光夫（正文の二男）。さらに翌年早々、美代子は晶子を生むのである。簡単に上京できるものではない。

一般に短詩型文学の復刊・創刊は早かったが漢詩は少し遅れ、呂山 太刀掛重男[12]が山陽吟社を立ち上げ『山陽風雅』を創刊したのは昭和三十年一月だった。

その年の八月には『齒車』[13]が創刊された。主宰の松元寛は東大文甲卒で、東京創元社勤務を経て教育界に入り、広大教養部の講師をしていた。

昭三十一年二月、東大教授（英文学）で翻訳家・評論家の中野好夫が『文藝春秋』に「もはや戦後ではない」を書き、九月には『経済白書』が中野と同じ表現を使った。文学が政治を誘導した稀な例であり、すべてが右肩上がりで多くの同人雑誌が創刊された。

すなわち『バルカノン』（火の会、昭和三十一年十月）、『安藝文学』（安藝文学同人会、昭和三十三年五月）、『呉文学』（呉文学懇話会、昭和三十四年七月）、「広島作家」（広島作家同人会、昭和三十五年一月）、『函』（函同人会、昭和三十六年九月）などである。

広島文学協会の崩壊後、中井たちは昭和四十二（一九六七）年二月に『広島文庫』を刊行する。同年六月には渡辺晋の主宰する瀬戸内海ＳＦ同好会が『イマジニア』[14]を、七月には奥村斉子の「広島の味社」が『広島の味』を創刊している。中井は『広島の味』において、劇作家の吉田文吾とともに常連執筆者だった。詩人では山田迪孝や宮上周正がいた。

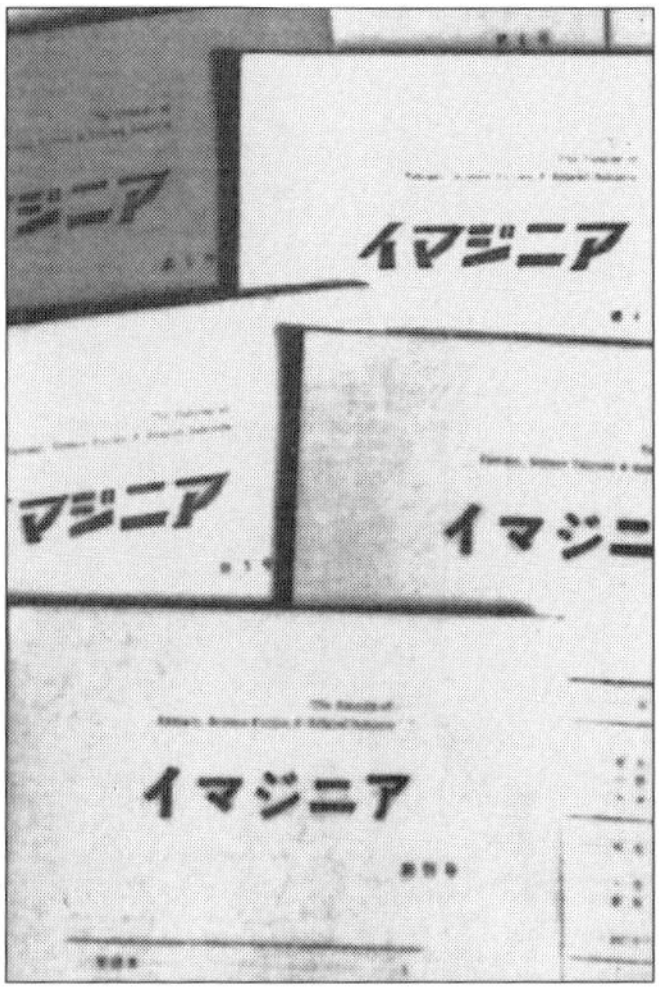

『イマジニア』１～５号

『広島文庫』は短詩型文学も含む総合文芸誌を目指しており、またその第三号には、今後、編集は中井正文、事務一切は奥村斉子が行なうと書いてある。中井＝奥村コンビの活躍が期待されたが、短詩型文学グループとの間に誌面の扱いでトラブルが起こり[15]、三号で終刊した。あっけなく『広島文庫』が崩壊したあと、中井

『広島の味』創刊号
奥村斉子様蔵

は昭和四十七年六月に『広島文藝派』を創刊する。

この年の十二月、木村逸司は個人誌として独自の道を開いた『奎文』を創刊しているが、『広島文藝派』は創作と評論の同人誌で、詩は含まれるが短詩型文学は除外している。『広島文庫』瓦解の原因が短詩型文学との確執だったため、「羹《あつもの》に懲《こ》りて膾《なます》を吹く」如く短詩型文学を排除したのであろうか。

奥付によれば発行所は「広島文庫の会」となっているから、中井の『広島文庫』への思いが強かったことが推測されるだろう。

また、『広島の味』や『広島文庫』で同志的に緊密な関係を保った奥村斉子が、『広島文藝派』においても黒子となりサポーターを続けたこと、『凾』の発行者が山田夏樹[16]になり中井との交流が始まった年であることも付記しておきたい。

第4節　『広島文藝派』の創刊と休刊

創刊当時の内容

昭和四十七（一九七二）年六月に発行された『広島文藝派』創刊号の表紙は白地に黒で「広島文藝派」と大きく印刷してあり、基本的にはずっと続く字体だ。その下に発行年の「72」が赤で、その横の「創刊号」は黒字である。扉のカットも素晴らしい。

中井正文はカフカばりの「名前のない男」を載せた。これは『日本の原爆文学⑪短篇Ⅱ』（ほるぷ出版、昭和五十八年）にも収録された。他には次のようなものがある。論考・土居寛之「アミエルの三つの顔」、紺野馨「シベリアのけもの―石原吉郎ノート―」、詩・三上雅弘「砂の女」、桧山さとし「終末」、さかもとひさし「逃亡の五月」、創作・石田千里「春の吹雪」、コント集・桑原静而「フラスコ昇天（外十篇）」、ノンフィクション・さかもとひさし「広島文芸風土記―広島シュールレアリズム事件1」。編集後記に署名はないが、中井正文と思われる。

昭和四十八年六月発行の2号の表紙は、上半分に色地・白抜キで「広島文藝派」の字を、下半分の白地部分に号数を示すアラビア数字（復刊・第五号から漢数字）を上半と同じ色で印刷

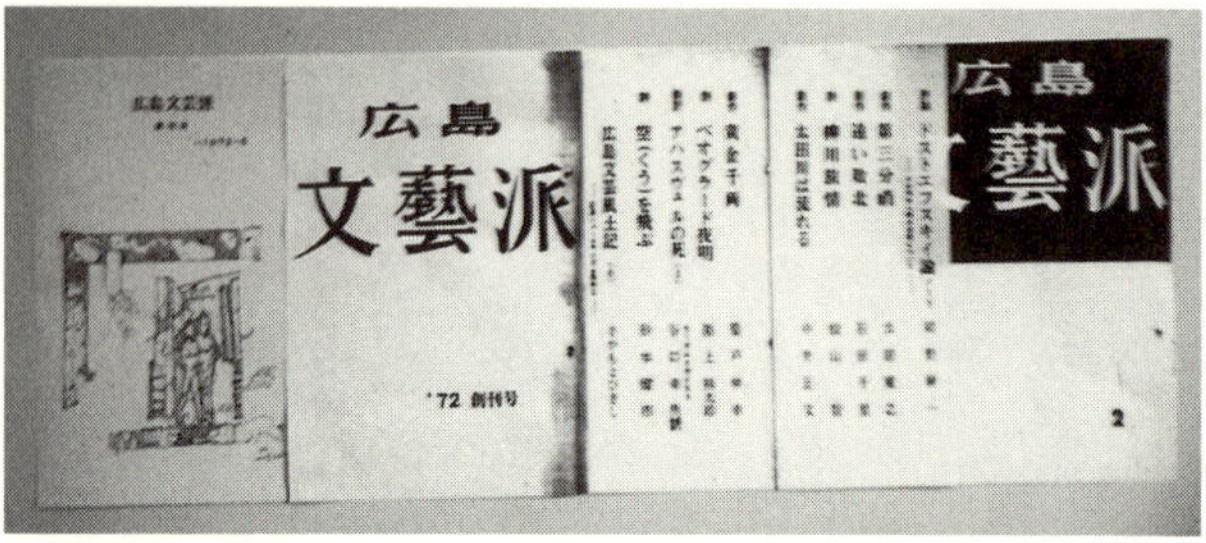

『広島文藝派』左から創刊号扉、同表紙、2号目次、同表紙

してある。扉にはアブストラクトのカットが使ってあった。目次は見開き二頁を使い、各タイトルの上に評論・創作・詩・翻訳などのジャンルが明記してある。内容は次の通り。

評論・紺野耕一「ドストエフスキイ論ノート—その作中人物の自殺について—」、創作・土居寛之「第三分哨」、石田千里「遠い敗北」、中井正文「太田川は流れる」、聖戸伸之「黄金千両」、詩・桧山智《さとし》「柳川旅情」、淵上熊太郎「ベオグラードの夜明」、砂本健市「空（くう）を飛ぶ」、翻訳・谷口幸雄訳、ラーゲルクヴィスト「アハスヴェルの死（1）」、論考・さかもとひさし「広島文芸風土記（6）—広島シュールアクズム事件2（本文ではシュールレアリズム）」、後記・なし。

中井は次の3号にも「太田川は流れる」を連載した。他には小説・水永佳代子「ある女」、詩・藤井壮次「油田地帯」、桧山智《さとし》「帰化植物異聞」、森野道夫「俺の後頭部には」、論考・さかもとひさし「広島文芸風土記（7）—広島シュールレアリズム事件3」など。後記に署名はないが中井正文と推察される。3号は昭四十九年だが発行月日不詳。

4号において中井は「広島の橋の上」を発表している。この号の奥付にも発行年月日がないが、昭和五十（一九七五）年と思われる。

表紙は色を変えながら3号、4号と同じスタイルが続く。目次は3号から一頁となり、4号も一頁で、この号をもって冬眠期に入るのだった。

各号の詳細は巻末の総目次を見て頂くとして、記憶に残しておきたい人としては、まず創刊号で論考「アミエルの三つの顔」を、2号では創作「第三分哨」を書いた土居寛之がいる。彼は旧制五高時代の友人で東大の仏文に進み、外務省の嘱託をしたあと昭和三十八年からは東大教養学部の教授になっていた。アミエルの他、サント＝ブーヴを研究していた。

さかもと ひさし＝坂本寿（一九〇八〜八〇）は戦前すでに、シュールレアリズム詩やローマ字研究で有名であり、詩誌『広島詩壇』や『内海都市』を出したが、昭和十六年の新芸術運動弾圧で逮捕されている。戦後は『座』（昭和三十一年創刊）などに研究を発表し、昭和四十年の『瀬戸内海詩集』では第一回大木惇夫賞を受賞、四十五年度には広島県詩人協会の代表幹事を勤めるなど、地方に根付き業績を上げた。『広島文学』創刊号では「くらげ」を載せている。連載した「広島文芸風土記」は「物語・広島の文学的風土」として、『安藝文学』の27号（昭和四十四年九月）、28号（昭和四十五年三月）、29号（同十一月）、30号（昭和四十六年六月）に並列連載した。詩人さかもとひさしの影響を強く受け、2号から連続して詩を掲載していた砂本健市は、「中井先生の思い出」[17]の中で、当時の様子について次のように述べている。

中井先生との出会いは、たぶん比治山の麓にある詩人坂本先生のお宅だったたような気がします。私は当時、広工大の山岳部で山登りに明け暮れ、流川界隈の赤ぢょうちんで安酒を飲み、気が向いたら京橋川を跨ぐ木造の鶴見橋を渡り比治山に向かっていた。そこは画家、詩人、小説家あるいは同行の衆の溜まり場で、坂本家から供出されるコップ酒や時たま本場のウオッカにありつき、好き勝手に夜更けまで、議論と言うよりも騒いでいた中でお会いした。物静かな紳士だった。

当時、坂本先生の手による同人誌「短詩別墅」「短詩研究」「広島文庫」等が創刊されるが、世のならいで弾が切れると沈んだが、しかし、中井先生を中心とし同じようなメンバーで浮上したのが『広島文藝派』だった。坂本先生が泉下に向かわれた事もあったりし

て、これも四号までで中断した。（後略）

当時の周辺事項

ここから『広島文藝派』は長い冬眠に入るので、中井の昭和末までの業績を列記しておこう。翻訳で出版されているものは次の通りである。

フランツ・カフカ『変身』角川文庫、昭和二十七年七月
フランツ・カフカ「ある戦いの手記」新潮社『カフカ全集』第三巻、昭和二十八年七月
フランツ・カフカ「アメリカ」三笠書房『現代世界文学全集』第26巻、昭和二十八年十二月
クリスタ・ウインスローエ『制服の処女』三笠書房、昭和三十一年六月
ヨハンナ・スピリ「白い小犬」白水社『スピリ全集』、昭和三十六年三月
ヨーゼフ・ロート「酔いどれ聖伝」筑摩書房『世界文学大系』第九二巻、昭和三十九年七月
ルードルフ・ゲオルク・ビンディング「モーゼル旅行」三修社、『ドイツの文学』第一二巻〈名作短篇〉昭和四十一年十月

中井正文は詩人たちとも交流があった。

昭和五十八年七月十七日の日曜日、西区三滝山の三滝寺本坊において「大木惇夫《あつお》先生七回忌記念　熊平武二・坂本寿・原民喜・木下ひろし追悼会」という欲張った法要が営まれた。参加者は三十六名、うち女性が十一名。主として詩人たちであり、中井も参加している。

大木惇夫（一八九五〜一九七七）は広島を代表する詩人で、昭和十六年ジャワ作戦に従い、旺盛に作品を発表。その後、静養のため福島県に滞在、戦後は戦争詩人と見做され苦労したが、彼の影響を受けた詩人は多い。文学碑は福島県浪江町《なみえまち》と、広島市内に四ヵ所建っている。

原民喜（一九〇五〜五一）やその親友の熊平武二（一九〇六〜六〇）も大木の影響を受けており、木下潤《ひろし》は昭和初期から民衆詩派の活動をしていたが、のちレコード会社の作詞家としても活躍した。坂本寿については既述したところだ。

さて少し横道に逸《そ》れたので、話を同人誌のほうに戻そう。

『中国新聞』カルチャーセンターの教室出身者をを母体にした「標の会」が、『標』を創刊したのは昭和五十七（一九八二）年三月であった。その後、幾度目かの合評会に招かれて参上したものの、ほとんどが女性であり、男性会員は一人だけなので面食らった記憶がある。陰ながらご発展を祈っていたところ、やがて二誌が生まれる。

昭和六十二年十二月、水炎の会が『水炎』を創刊する。発行は青野ひろ子、編集は木戸博子であった。もう一つは六十三年二月創刊の『未然形』であり、しばらく献本を頂いたが[18]、やがて衰退していったと思う。

『水炎』のほうは後日譚が続くが平成時代に入ってからなので、章を改めた後で触れることにして、中井の単行本を眺めておきたい。

昭和五十七年には『太田川は流れる』（溪水社）を出版、「悲劇役者」と「太田川は流れる」が収載された。

六十三年発刊の『広島の橋の上』（溪水社）には、「名前のない男」、「広島の橋の上」、「チロル珈琲店」、「落第横丁」、「神話」、「阿蘇活火山」が収載されている。

「チロル珈琲店」は、旧制五高時代の思い出話だ。この店は入口から真正面の壁に50号くらいのフォーヴィズムの裸婦像がかかっており、マントルピースの上にはマッターホルンの尖った山容の写真がある。店全体がオーストリアのチロル地方の山小屋を模した造りだ。学生時代に登山歴のある中井の好みだろう。ここのマダムはローランサンの絵に出てくるような美女で、モディリアーニの画集がさりげなく置いてあったりする。主人公の学生は、そうした店とマダムに魅せられており、最終部は東京での展開になる。

「落第横丁」は東大生時代の話。昭和十一年の本郷、喫茶店で屯している学生たちに、大柄な初老の男が声をかける。「うまいものを食いに行こう」と言うのだ。学生たちが行きつけの店に案内し、大いに飲んでいるうちに大男は、「ワイマールでゲーテに会った」と言う。しかし、ゲーテは百年まえに死んでいるはずだ。別れたあと、酒代を踏み倒す積りではないかと怪しんだ一人が店に帰って確かめると、チャンと払ってチップまで置いてある。「ドイツ文学の先輩だったのだろう」と一人が呟くと、他の一人が言った。――天狗だよ。ありゃ……小さい翼の先が上着の下にちらちらしていた。――これなどもドイツ・ロマン派の味がする。

この二冊の単行本の出版に関連して、渓水社の木村逸司社長が「中井先生の笑顔」[19]で述べている一文から引用させて頂こう。


中井先生には昭和五十七年に『太田川は流れる』を、昭和六十三年に『広島の橋の上』を渓水社から出版いただいた。二度とも出版経費をご負担いただいたのだが、いつも笑顔で快く応対くださったのが印象的だった。私は逆に、ひどく申し訳ない気がして、おそるおそる頂いたのだった。（中略）

学生時代に石川達三に引かれて加わった「星座」には大田洋子もいた。石川がその星座に載せた「蒼氓」は第一回の芥川賞となった。同年輩の壇一雄が四つ先輩の太宰治と親しく三人で呑んだ話のほか、梅崎春生、織田作之助、永井荷風などといった文学史上の人物との触れ合いなど、私などには想いも及ばない世界で青春を送られている。(中略)
広島文藝派を主宰されていて、同人会やほかの同人会の連中と呑むときなどいつも穏やかで後進を眺めている風であったのも、背後に本郷時代の良友悪友たちのさんざめきを聞かれていたからではなかろうか。若さにまかせて生意気な口をきいたことが今更ながら恥ずかしい。先生はいつでも「あ、そう」と聞き留めてくださった。五高時代サッカー部の選手だったことを偲ばせるようなやや日焼け色の顔に例の笑顔があった。
私が二度の出版のとき、こちらからの印税ではなく逆にお代をいただくことで感じた恐れは、先生の背後から伝わってくる豊かな青春の遠いどよめきのせいだったかもしれない。
木村が書いているのは主として東大時代のことで、そうした青春のどよめきのせいであろうか、平成になると中井は『広島文藝派』を復刊させるのである。

【註Ⅱ】

（1）中井冬夫氏所蔵の文部省記録等（広島大学より中井家に送付された資料）による。

（2）広島市文化協会文芸部会編『占領期の出版メディアと検閲　戦後広島の文芸活動』（勉誠出版、二〇一三年一〇月）における総論（岩崎文人）、散文（岩崎清一郎）、児童文学（三浦精子）、総合雑誌・サークル誌・大学高校文芸誌（長津功三良）、詩（福谷昭二）、俳句（飯野幸雄）、短歌（山本光珠）、刊行に至るまで（山田夏樹）などを参考にした。

（3）中井は『新椿』の昭和二十二年六月号に、文彦名義で「マック・ジョンソンの話」を載せている。挿絵は地元の福井芳郎だが、内容は五高時代に書いた「村のマック・ジョンソン」（註Ⅰ（5）参照）と同じである。

（4）三浦精子「広島図書と教育雑誌「ぎんのすず」をめぐる人々」（広島芸術学会「藝術研究」第十五号、平成十四年七月）

（5）渡辺晋「松井富一と広島図書の周辺―戦後史の中の隠れた価値を探る」（ぎんのすず研究会「すずのひびき」創刊号、二〇〇二年三月）

（6）渡辺玲子「中井先生と広島図書㈱の雑誌―その執筆内容の概略と展開―」（『広島文藝派』復刊・第三十二号、二〇一七年九月）

（7）三岸節子（一九〇五～一九九九）は旧姓・吉田。夫の三岸好太郎も洋画家。一九六八年から一九八九年まで海外生活。文化功労者、尾西市に記念美術館あり。

（8）岩崎清一郎「鉱脈探訪（33）」（『安藝文学』87号、平成三十年七月）。『安藝文学』は広島県内最大の同人雑誌であり、岩崎には『広島の文芸　知的風土と軌跡』（広島文化出版、昭和四十八年十月）という好著もある。

（9）天瀬裕康『梶山季之の文学空間』溪水社、二〇〇九年四月

（10）俳人杉山赤富士の次女・八染藍子は、初め女子美術大学で洋画（油彩）を学んだが、のち父のあとを継ぎ俳人となり『廻廊』を主宰するとともに「西広島ペンクラブ」の会長にもなった。渡辺晋はこの会の会員でもあったので多種の評伝を書くため多くの資料を頂戴した。

（11）杉山赤富士著の『権兵衛と黒い眷属』（夜来山房、昭和五十一年五月）は、手書き布張り、B5判六四〇頁の貴重な限定私版本である。

（12）太刀掛呂山は、『詩語完備　だれにでもできる漢詩の作り方』（呂山詩書刊行会、平成二年二月）を著して多くの漢詩人を育成した。『山陽風雅』は平成二十五年五月、第五十九巻第三号をもって終刊した。

（13）『歯車』の松元寛はもっぱら評論で、創作や編集の大部分は松坂義孝（筆名・深草獅子郎）が担当していた。22号には渡辺晋がSF的幻想小説「トリップのカード」を寄稿している。

（14）瀬戸内海SF同好会の『イマジニア』は渡辺晋が創刊したが七号で休刊。渡辺が天瀬裕康のペンネームを常用するのは昭和六十三（一九八八）年からで、平成二十五（二〇一三）年に復刊した。現在の代表は宮本英雄、編集は穂井田直美である。

（15）『火幻』の豊田清史が散文と短詩型文学との頁数配分で異議を唱えたためらしい。

（16）『凾』は編集人・向山宏、発行所・揚満寿夫方として創刊し、山田夏樹が登場するのは一九六七年の十二号からで、一時期低迷したこともあるが一九七二年の二十号から山田夏樹が自宅を発行所として以後は、順調に充実した発行を続けている。山田は広島市文化協会理事、同会文芸部会の事務局長も務めている。

（17）砂本健市の「中井先生の思い出」は『広島文藝派』復刊。第三十二号（二〇一七年九月）に掲載されている。

（18）『標』から『未然形』に移ったグループの中に、渡辺晋が広島県医師会広報委員会で一緒だった藤高道也先生（藤高外科整形外科医院、広島市西区打越町）のご令室がいて、その関係で献本されていた。

（19）木村逸司「中井先生の笑顔」は『広島文藝派』復刊・第三十三号（終刊号、二〇一八年九月）に寄稿されたものである。

第三章　平成における復刊と盛衰

第1節　『広島文藝派』復刊

復刊当初

長すぎた昭和時代は、昭和六十四（一九八九）年一月七日の天皇崩御により平成元年へと移行する。アジアでは天安門事件、ヨーロッパではベルリンの壁が倒壊した。

四半世紀の眠りから覚めて、『広島文藝派』が復刊・第五号を発行したのは平成二（一九九〇）年であった。以下終刊号まで、すべて「復刊」が付くのだが、文中では省略させて頂く。

休刊前からの会員は詩の砂本健市だけだ。小説は中坪タカヱと下川弘、評論では笹本毅[1]、詩は秋島芳恵と宮上周正が新規参入している。宮上は自由律の俳句も試みていた。

中井正文が掲載した作品は「天使」である。

——東大哲学学生の青地久雄は九州出身の私大学生の今村と飲み歩き、彼の下宿で目覚め、二日酔いのまま見知らぬ街を歩く。教会へ出くわし、賛美歌を耳にし、神父から町田静子という信者を紹介される。上野にある彼女の家を訪れるようになってみると、彼女は谷中《やなか》の墓地が好きなことが分かるが、彼女は関西へ嫁に行く。学園紛争時代の話……。

後記は（N）、中井であろう。《（前略）次号からはさらに新しい仲間の参加も実現させて、もっと内容の充実した文芸誌を目標として前進したいものです》と述べている。

奥付によれば、発行は十月三十日、編集は《広島文藝派》の会、代表は廿日市市地御前三丁目二五―八の住所で中井正文だ。誌の号数は4号まではアラビア数字だったが五号から漢数字になっている。印刷は広島共同印刷。

平成二年といえば中井は七十七歳、春先に広島工業大学教授を辞任した年で、秋に復刊したのだから、やる気満々だった。ただしその割には、さほど素晴らしくはなかった。

表紙は2号以来のスタイルを踏襲し、色は綺麗な薄緑だった。変わったのは目次で一頁・横書きとなったのである。この形式は平成二十五（二〇一三）年の第二十八号まで続く。

平成三年六月、七十八歳の中井は第十四回広島寮歌祭に参加している。

十月に発行した第六号の表紙は前号と同じスタイルでオレンジ色を使っていた。中井の作品は小説「竹の花」だった。

――小学校四年生の井上信吉は、瀬戸内海に臨む半農半漁の村で一つの小学校へ通っている。級長だ。山田キヨという先生が好きで、崇拝している。（雪合戦の後日）ある日、相合《あいあ》い傘の下に校長と山田先生の名を書き込んだ落書きが見付かった。それを信吉はゴム消しで消すが、また書かれる。そのうち山田先生は学校を辞めて郷里の尾道に帰ることになり、クラスを代表して駅まで見送る。五年生になると二人の女の子が転入して来た。餓鬼大将と喧嘩して勝つ。「世界童話宝玉集」を読む。竹馬が流行り出す。（治郎作に見せる。が）竹の花が咲くのは稀なことなのだ……。以後も中井は、毎回創作を発表する。

他に小説では新規参入の葉山弥世（片山美代子）と今井敏代、さらに木本欽吾が新たに加わった。木本はドイツ文学者で、詩人ハインリッヒ・ハイネの研究者である[2]。エッセイでは村上啓子が「雨に濡れて」で登場している。村上は強烈な被爆体験を持っており、堀口忠彦の絵を入れた『ヒロシマ　こどもたちの夏』（溪水社、一九九五年八月）を上梓する。下川弘は小説「マコト」の連載を続けた。

若干の変更

次の年、アクティビティが上がっていた中井は、広島大学名誉教授・日本文藝家協会会員の肩書で、平成四年度の読書推進大会において「読書の楽しみ―日本と外国の文学にふれて―」を講演している。

当時はバブルがはじけ、経済は長い谷間にあり、町の書店が消えてゆくような時代だった。コンビニやショッピングセンターで本が買えることも一因で、八百屋さんとか魚屋さんといった古くから親しんだ近くのお店やさんも消えていったのだ。流通革命といえばそれまでだが、本は文化商品で、本屋さんは特殊な商店であり、同人誌は特殊な文化財だ、という意識もあった。

こうした状況下で十月に発行された『広島文藝派』第七号の表紙は、上半分が白地で空色の色文字が印刷され、下半分が空色で、第七号を示すアラビア数字の「7」だけが白ヌキとなった。陰陽・ネガポジの感じが第六号までと逆になったわけだ。このスタイルは色を変えるだけで終刊号まで続く。

読書推進大会での講演　中井冬夫氏蔵

この第七号に中井は「海辺の墓地」を載せた。

――瀬戸内海の島の小さい清願寺が舞台。寺の住職と奥さんの結婚当時の話から、壇

第五〜七号表紙（表紙にはアラビア数字のまま）　砂本健市氏蔵

家の学者夫妻の話となる。父の納骨のため広島に立ち寄ったあと、学者はこの島とお寺の夫妻に魅せられる。東京での家庭崩壊の危機を迎えた学者が九州の学会の帰途、寺に寄ってみると……。

この号では青野ひろ子が入会し「リボン」を載せていた。のちに「穏やかでお酒が強くて」と題して中井正文追悼文(3)を書いているが、入会当時の青野は富山の同人誌『かいむ』(4)に葉山と一緒に入会しており、『水流』も年に二回発刊するので多忙であったものの、初対面での中井の好印象のため入会したと述べている。

第二章の終りで触れた『水炎』（昭和六十年創刊）は事情(5)により、平成四年七月発行の五号で終刊した。青野と葉山による『水流』が創刊するのは、翌五年の二月である。

その年の『文学界』九月号の「同人雑誌評」欄で勝又浩が、「同人雑誌の時代」と題して元気の出るような話をしているのだった。

第2節　深い懐《ふところ》

SFを拒まず

平成五（一九九三）年十月発行の第八号の表紙は第七号と同じスタイルだが、色は茶色だ。ちなみにこの号から、渡辺晋は天瀬裕康名義で入会し、小説「絡繰時辰節気鐘」（からくりのじこくきせつのかね）を掲載した。

この入会に際し、「広島文藝派の会」に渡辺晋を推薦した一人は、これまでにも度々名前の出てきた葉山弥世（片山美代子）であり、もう一人は広島市内で皮膚科を開業していた茶幡《ちゃばた》隆之である。

茶幡は自分で小説を書くことはなかったが、広島県医師会の広報委員で文学趣味は広く、復刊した『広島文藝派』には長らく広告を出してくれた支援者である。同じく広島市内の皮膚科医で物書きの松坂義孝（筆名・深草獅子郎）と繋がりがあったのかもしれない。天瀬は松坂に薦められて、彼が編集していた『齒車』に本名の渡辺で寄稿したことがあるし（【註Ⅱ(13)】参照）、主宰の松元寛は広大文学部助教授になっており、教授昇進も間近であった。中井は長らく独文の教授だったから無縁ではあるまい。世の中、いろんな因縁があるものだ。興味を持った天瀬は、短篇集『停まれ、悪夢の明日』(6)とともに読書歴・文学歴のようなものを書いて中井代表に送った。

——ドイツ語は旧制中学のときから多少はカジっていたし、岡山大学の医学部進学過程の時代には、前期ロマン派の代表者であるルードビッヒ・ティーク Ludwig Tieck(一七七三〜一八五五)や、貴族出身の民衆詩人で作家のヨーゼフ・フォン・アイヒェンドルフ Joseph von Eichendorff(一七八八〜一八五七)などのドイツ・ロマン派文学に興味を持った。

ティークの短篇「金髪《ブロンド》のエックベルト Der blonde Eckbert」や、多数の詩を挿入したアイヒェンドルフの「大理石像 Das Marmorbild」のような怪談じみた短篇は、一部を副読本として講義を受けたこともあって、ついでに自家用の訳文を作ったこともあった。

回想すれば、ドイツ・ロマンティーク Romantik(浪漫派)、幻想文学の世界から未来小説 Zukunft Roman へ、そして空想科学小説 Science Fiction ないし思弁小説 Speculative Fiction としてのSFへ傾斜してゆく……。

これに対して天瀬が受け取った葉書の中の、「まるで年来の旧知であるかのような親近さを感じました」という言葉が入会を決意させたのだった。

純文学畑の人の中には、ＳＦやミステリを毛嫌いする人もいるが、中井の懐《ふところ》はかなり深いものがあり、この号の後記に（Ｎ）として、中井代表は次のように書いている。

新加入の天瀬裕康には、「停まれ、悪夢の明日」というタイトルの充実した小説集があって、ＳＦ的である発想の奔放さと、多彩な表現力ですでに一家を成している。その実績があって、さらに今後の期待を深めている。

この号で中井は小説「寮歌」を書いている。

――旧制五高時代における、熊本の花柳界や安っぽい飲み屋をも含めた物語。九州弁と「武夫原頭《ぶふげんとう》に草萌《も》えて」や「椿花咲く南国の」（中井は題にしばしば「南国の」まで付けている）といった寮歌、さらにはドイツ語のメッチェン（少女・娘の意）などが出て来てムードを漂わす……。

ミステリも認める

第九号（平成六年十月）では、のちに広島の範囲を超える抒情詩人として名を挙げた平塩清種が入会する。同人は十名で『広島文藝派』も一四一頁とかなり厚くなっていた。

小説を書いてきた今井敏代は詩を詠み、エッセイの村上啓子は小説を書き、同人十人がそれぞれ力作を発表している。

天瀬裕康は小説「太陽は、まだ暑く」を載せた。核戦争防止国際医師会議でメキシコシティへ行った時に仕入れたネタを使った話だ。

中井の小説は「真夏の女」であった。

――ハワイやアメリカへ多くの移民を送り出した瀬戸内の海辺の村、そこに「映画スターふるさとに錦を飾る」として地方新聞が大見出しを掲げたのだ。女優・岸あけみの宣伝である。じっさいの彼女はホノルル郊外で生まれたので、「ふるさと」はこの村ではないが、背後には複雑な事情があるらしい。岸あけみはここの海が気に入ったのか、よく泳ぎに行く。それが学校の窓から見えるのだ。ところが突然、彼女が姿を消した……。

この短篇はミステリではないが、ミステリアスなこの世の哀しさも感じさせる作品だ。少しあとで分かったことだが、若い頃の中井は雑誌『新青年』[7]も読んでいたらしい。

中井が「古い『新青年』を処分した」と言って、天瀬を残念がらせたのは、もっと後日のことだが、この九号の広告欄には博文館新社の『叢書「新青年」小酒井不木』（監修・天瀬裕康／長山靖生）が載っている。

さらにこの号の後記には、そのことに触れてあるので引用させて頂く。

今年の四月に東京の博文館新社から初版の出た、天瀬裕康監修の「小酒井不木」は、医学者で、高名な推理作家として活躍していた小酒井不木の、単行本未収載の作品を吟味して収載している。巻末の弔文の「小酒井不木」論は、さすがに天瀬の長年にわたる調査・研究の成果で、出色の好読物。末尾の年譜も綿密な仕事ぶりである。

特異なケースも

平成七（一九九五）年九月発行の第十号で中井は、原爆で妻子を亡くした画家が芸術上の行き詰まりから自死する「炎の画家」を載せている。「悲劇役者」（『広島文庫』創刊号掲載）の改稿で、このときは原爆症の不安から自決している。

この号ではフランス語通訳の吉山《よしやま》幸夫が入会し同人十一名、一五三頁と充実してきた。

吉山の小説「きじばと」は、戦争中に息子峰吉を大陸の戦線で失った老夫婦と峰吉と名付けた「きじばと」（山鳩）との物語だが、以後の掲載作品には変わったものが多い。

ちなみに吉山は普通の「吉山」ではなくて「吉山」であり、この区別については厳格であった。入会の前年同月に『写真の真実』(8)という珍しい本をフランス語から邦訳しているが、この平成六年は、吉山が勤務先の東洋工業を定年退職した年であり、渡辺晋は昭和五十七（一九八二）年六月まで東洋工業附属病院に勤務していたという縁がある。

吉山は広大文学部（仏文・昭和三十二年卒）の出身で、宮川の一級後輩だった。なお和菓子・梅坪社長の竹内泰彦と宮川は広大仏文の同期生であり、竹内は広島ペンクラブ副会長もしていた。渡辺晋が同クラブ副会長になったのは少しあとで、作品は天瀬裕康で発表していた。

さて『広島文藝派』は、第十号を出した後の十月十五日の午後五時から薬研堀の〔いっこ〕に集まって印刷費上昇の対策を検討している。印刷所を㈲創元社に変更したからであり、第九号までと比べると綺麗に仕上がっている。ちなみにその時の会費は四千円だった。

天瀬が入会した当時の『広島文藝派』の状況は、先述した青野の追悼文が上手に伝えているので、その部分を引用させて頂こう。

『広島文藝派』も『水流』と同じく合評会をしないが、それでも入会してすぐに、先生が何十年と廿日市から通われる酒の門〔いっこ〕で、顔合わせの飲み会があり、私も同人の皆様と一緒に出席した。

雰囲気が盛り上がった頃、まずいっこさんという日本人ばなれした顔立ちの美人ママがシャンソン（だったろうか?）を歌われ、少しして先生も知床旅情（だったろうか?）を歌われると合評会というより、楽しい飲み会になり、今でもとても印象深く覚えている。

それでも書いた作品に対しては二言三言感想をサラリと言われ、最後に必ず期待していますよと力づけて下さるのだった。

ここに出てくる美人ママとは第二章に出てきた奥村斉子のことで、新入りの天瀬は青野ひろ子のさらに後を吉山幸夫と歩いて廻ったものだ。

例の酒の門〔いっこ〕[9]に行くと、吉山は盛んにフランス語を交えて喋る。短大でフランス語を選択していた斉子は吉山のフランス語は分かる。漫才のボケとツッコミのような口喧嘩になる。小さなスタンドだが、隅にはスタンドピアノも置いてある。カラオケはダメだがピアノを弾いて歌うことはできる。ピアノの伴奏無しで歌っても構わない。宮川がシャンソンを歌えば、天瀬はドイツ・リードを歌う。

中井代表は微笑しながら、しばしば日本酒を飲む。なにか遠く去った日々を懐かしんでいるような風情だった。

第3節　その後の創作と翻訳

単行本にならないか

平成八（一九九六）年九月、八十三歳の中井は『広島文藝派』第十一号に「旅へのいざない」を書いた。

——本郷の国立大学（東大）仏文の学生・井沢達夫を主人公にしたもの。卒論にボードレールを選んだものの進捗しない。たまたま本郷通りの夜店の古本屋で「悪の華」の訳本を見付け引き込まれる。彼の郷里は広島市に近い海辺の町で、夏休みに帰って友人に会う。彼は東京に帰る時、新潟に寄ろうと言い、そこのホテルで友人はダンスを踊る。達夫は踊れない……。

この号は全体で一六三頁とピークを迎えたが、このダンスに関して砂本健市は追悼文の中で触れているので第四章でまた述べよう。

平成九年九月、『広島文藝派』第十二号は「桃源」である。

——戦争末期、小学校の代用教員である小池周介は岩国の錦帯橋が好きだ。ある日、広島方面にキノコ雲を見る。広島に足を踏み入れると、街は壊滅し、両親は死んでいた。体調不良となった周介に、田舎への転勤を告げる。不満だったが、気持ちの整理には良いようだった。近くには精神病院もある。やがて周介は自分のほうから入院を希望する……。


平成十年十月、八十五歳の中井は『広島文藝派』第十三号に「神の手」を発表した。

——田舎の小学校から、広島市の中心部にある県立の中学校（旧制広島一中の五年間がモデル）に進学した、川田光一の戸惑いの日々。校風は質実剛健で手本は軍隊。私鉄の郊外電車が己斐《こい》（現・西広島）に着くと、そこからは歩かねばならない。いつとなく電車通学の女学生が目に留まる。市内の古いミッションスクール（広島女学院がモデル）の生徒だ。ある日、帰途の電車で英語の童話集を広げると、彼女が隣に座り、横目で見ながら綺麗な発音で音読みした。

彼女の名はローザ・磯貝松子。父親はロサンゼルスで貿易商をしており、彼女は五日市《いつかいち》の町グランドパパの家から通学していたのだ。彼女はオスカー・ワイルドの童話集をプレゼントしたが、突然、アメリカへ呼び戻される……。

平成十一年九月、『広島文藝派』第十四号には「若い春」を載せている。

――川田光一の旧制五高へ入学するところから始まる物語。寮は三人同居、そこへ広島の修道中学出身だという剣道部員が一升瓶をさげてやってくる。寮歌の練習は古い「武夫原頭《ぶふげんとう》に草萌《も》えて」から始まり、ストーム（嵐）というバカ騒ぎも経験する。「三四郎」という安い酒場、「フロイント」（ドイツ語で友達の意）という喫茶店があることも分かる。フロイントのかわい子ちゃんの一人は、松竹映画の名優・笠智衆《りゅうちしゅう》の姪だそうだ。「チロル」(10)というのはインテリママのいる高級喫茶店である。そのうちに川田が逍遥歌「椿花咲く南国の」を作詩することになる。川田光一は中井正文自身がモデルだったのだ……。

二十世紀最後の平成十二年九月、八十七歳になった中井正文が『広島文藝派』第十五号に載せた「本川の眺め」は、『広島文藝派』2号と3号に分けて掲載した「太田川は流れる」を、二十年かけて改作したものである。

――同じ旧制中学校に奉職する日本史の木坂剛介と英語の高倉周作は、ともに相生橋下流の本川沿いに住み仲がよかった。木坂には旧制広島高等学校から東大国文科に進んだ嫡男の敏也が、高倉にはミッションスクールに通う一人娘の信子がいて、愛しあっている。

木坂剛介の書いた『惇国の美学』はベストセラーになるが、敏也は学徒出陣で中国戦線に送られた。信子は女学校を卒業後、町の軍需工場で働いていたが、昭和二十年八月六日、原爆が投下された。信子は九死に一生を得たが、高倉も木坂も全滅だった。

生還した敏也は廃墟の広島に茫然とするが、宮島沿線で住職をしている広高時代の同級生のお寺で世話になり、行方不明の信子を探す。岡山へ行ったのではないかという噂を耳にしたものの、それ以上は分からない……。

被爆した信子を助けに来たのは、ミッションスクール時代の同級生、竹内文江。彼女の実家は岡山県高梁市の大病院で、文江は自分で病院車を運転して信子を連れて帰ったのだ。竹内病院では全国紙と、岡山および広島の地方紙、計三つの新聞をとっていた。ある日、広島の新聞の尋ね人欄に、「高倉信子さん、社気付で連絡せられたし。木坂敏也」という文面が載っていた。

文江はすぐ連絡をとるように勧めたが、信子は拒む。変わり果てた顔と、いつ悪化するとも知れぬ原爆症。信子は敏也の心に負担をかけたくなかったのだ……。

平成十二年七月三十一日（月）付『中国新聞』に梅原克己の署名入りで、原爆文学21世紀へ〔前編〕作品—そのとき・それから〈1〉として、中井正文の紹介と語りが載っていた。「悲劇役者」から「炎の画家」、「太田川は流れる」から「本川の眺め」への改稿の話などに触れた論考であった。

その少しあと、中井正文とやがて寄稿者として参加する渡辺玲子との間に文通が生じる。渡辺はその年の七月にベルリンの「ヒロシマ通り」を取材したあと、プロペラ機でチェコの首都プラハに飛び、「黄金の小路」にあるフランツ・カフカの家を訪れた。それを渓水社の季刊寄稿雑誌『あ・の・と』の第1号（平成十二年十二月）に「中欧迷宮回路」という紀行文として掲載し、カフカとなれば中井先生というわけか、この掲載誌を謹呈したのである。

これに対して中井は、翌平成十三（二〇〇一）年八月五日付の葉書の中で「中欧迷宮回路」に（カフカ論に）触れ、《行きとどいた立派なレポートと再感心しております》（傍点筆者）と記していた。入会勧誘の面があったのかもしれない。

当時の彼女は国際ソロプチミストの仕事も続けていたので諸外国での大会にも参加していたし、同類のオイスカ会員や「ぎんのすず」研究会、広島ペンクラブなどに所属していたので、すぐ『広島文藝派』へ入会するには至らなかった。

中井正文のほうは第十六号以後、創作を載せることはなかったが、この頃までは〔いっこ〕が主な合評会場で、飲む方が主体だったので三次会に発展することもあった。しばしば下川弘に連れ回されたが、天瀬が近くの飲み屋で合流して知己となった一人に兼川晋がいる。

兼川は旧制五高を経て新制広島大学文学部を卒業し、小久保均らの広大文芸同好会の『世代』が行き詰まった時、小久保を助け『新世代』を刊行した。のちテレビ西日本の番組プロデューサーをしながら物書きもしており[11]、下川とはテレビ関係での知り合いでもあった。

酔った三人の間で、「中井先生の小説を単行本にできないものだろうか」といった話が出たこともあった。

翻訳という文学

これまでにも、中井正文は多くの翻訳本を出版してきたが、小説を載せなくなった第十六号以降は、続けて翻訳を出している。

平成十三（二〇〇一）年二十一世紀の初めであり、満年齢での米寿だった。十月に発行された『広島文藝派』第十六号に、彼はアルトゥール・シュニッツラー（一八六二～一九三一）の「賢い男の妻」を訳出している。

この主人公はドクターの学位をとったばかりの医者、海辺で七年まえの恋人に会う。彼女は男の子を連れていた……。

シュニッツラーはウィーンの世紀末作家、情緒と心理分析を特徴とし、映画にもなった「輪舞」など、戯曲にも優れたものがあった。中井はかつてシュニッツラーを原文のドイツ語で愛読した時期があり、いつかは短篇のいくつかを自分の手で日本語に移してみたいと思っていたと述べているが、それは事実になるのだった。

ただし、この短篇および次の「花束」ならびに「ギリシャの舞姫」は藤本直秀[12]が昭五十七（一九八二）年に訳し『シュニッツラー短篇集』に収録している。訳文に関西訛りがあると言われるし、多少の古さは否めない。中井は一応、それなりの自信を持って訳したのだろう。

平成十四年十月の第十七号で、中井はそのシュニッツラーの「花束」を訳している。

――雪の日、裏切られた男は、グレーテルはずっと前に死んでいたのではないか、と考える。彼女は毎月、主人公に花束を送ってきていたのだ。今回は死が迫っていたはずなのに。幽霊た

ガーデンパレスにて　左より砂本、葉山、中井先生、奥村、下川、天瀬、田端、吉山

ちは存在する……。

中井はこの翻訳の前文で、《ウィーン情緒のしっとりとなつかしい小説を今回もできるだけ原文どおり正確に日本文へうつしてみた》と述べている。

第十七号には田端展（本名・小久保三好）が「午後の陽《ひ》荘の女」をもって入会。この小説の後半に、主人公が「ケツを出せ。伏せてケツを出せ」と言うところがある。この表現を巡り合評会で葉山が難色を示し長く尾を引いた[13]が、論争も一つの前進だろう。

余談になるが彼は作家・小久保均の実兄で、かつては『世代』や『広島文学』の編集に情熱を燃やし、『広島文庫』に小説を、『地平線』にエッセイを発表し、平成七年には『被爆舞踏曲』[14]を上梓している。生涯、原爆文学と取り組んだ人である。

なお、平成十四年まで〔いっこ〕で開いていた合評会は、十五年からは広島駅北口側のガーデンパレスで行なうことになった。この時から葉山弥世が会計を受け持つようになっている。

もちろん二次会で〔いっこ〕に流れ込むこともあったし、個人で勝手に寄ってみるのは自由だった。

さて九十歳になった中井は、平成十五年十月五日発行の第十八号に、ヘルベルト・オイレンブルグ（一八七六〜一九四九）の「女の秘密」を訳している。

——川っぷちに面した古い旅館で月に一度、逢うことにしている中年の二人。彼らは互いに、名前も住所も境遇も知らない。男は女のあとをつけるが分からないままに、女は醒めてゆく。やがて彼は走り続け川に落ちた……。

中井は《日本にはほとんど紹介されたことのないロマンチックで異色のある小説をえらんだ》と前文に書いている。じっさいこの時点では、森鷗外により「女の決闘」が翻訳されているだけだったようである。

なお、平成十五年十月二十日（月）付『中国新聞』の「ひと・とき」欄は、《旧制高校時代から読んでいるドイツ文学の珠玉の短編が最近、気になってしょうがないんだ。今の若い人に紹介したくてね》という中井の言葉を載せている。

平成十六年十月の第十九号にはマリー・ルイーゼ・カシュニッツの「幽霊」を訳した。

——幽霊を体験したことがあるかという問いかけに対し、オーストリアの田舎に住んでいた若妻がロンドンの劇場での体験を語り、《二人の人間がおんなじ夜に、おんなじ夢を見るなんてこともあるんじゃなくって》と言う……。

この前文で中井は、次のように述べている。

このたびはドイツ文学の中から、はじめて女流作家の小説をとり上げることにした。マリー・ルイーゼ・カシュニッツ（一九〇一〜一九七四）は、的確で洗練された文体で、短篇の名手といえるだろうが、いままで日本の読者にはほとんど紹介されることがなかった。この「幽霊」もナンセンスで、荒唐無稽《こうとうむけい》な怪談話などではなくて、これはこれでれっきとした珠玉の短篇のひとつと読みとってほしいものである。（後略）

次の第二十号（平十七年十月）に、中井は再びシュニッツラーの「奇妙な女」を訳している。

——アルベルトが朝の六時に目をさますと、妻のカタリーナは「わたし、出て行きます」という紙切れを残して去っていた。新婚旅行の終りである。チロルのインスブルックの街が足もとに広がり、遠くにはアルプスの岩壁が荒々しく突き出している。名門に生まれ、数奇な運命を辿った彼女には、情緒不安定症もあった。アルベルトはピストル自殺をする……。中井は次のような解説を書いていた。

短篇の名手といえるアルトゥール・シュニッツラーの数多い作品の中で、この「奇妙な女」はこれまた一風変わりすぎていて、いつも気にかかる小説だった。

それもシュニッツラーの父親が医者で、彼自身も名門のウィーン大学医学部の出身であるし、しかも同年配の友人に有名な精神分析学者のジークムント・フロイトがいたことなどを考え合わせると、どうやら納得がいくような気がしてくる。

平成十八年になると、中井は全国規模の信州白線会第二十一回『寮歌祭』(15)（六月十日）のパンフレットに「椿花咲く南国の―寮歌をめぐる思い出」という一文を寄稿し、筆者プロフィールでは《寮歌作詞者としては最高齢》と紹介されている。ちなみにこの時、彼は九十三歳だった。

中井正文の寄稿を載せた寮歌祭のパンフレット

同年十月三十日発行の『広島文藝派』第二十一号に、彼はルイーゼ・リンザーの「調書なしの証言」を訳出し、《ルイーゼ・リンザー（一九一一〜？）もすぐれた女性作家なのだが、これまたほとんど紹介されていない》としている。

――登場人物のストーンブリッジは、ナチス時代にアメリカへ亡命し帰化していた。戦後は進駐軍の一員（少佐待遇）になって故国のドイツに舞い戻り、ドイツの若い女性と愛し合うようになる。ところがストーンブリッジはミュンヘンの彼の住居で死体となって発見される……。

ミステリータッチなので詳しい筋書きは割愛し、他事ながら会員の田端展が同月の十二日に他界したことを付記しておきたい。

この第二十一号には田端の遺稿エッセイ「孫は瓦屋《かわら》と樵《きこり》に」が載っている（同年四月発行の『地平線』四十号からの転載）。彼は反原爆の小説を書き続けたものの、長らく原発推進派であった。それが最後には原発反対派になったのだった。

この年から合評会は中井邸で行なうようになる。この時は田端展の遺影が飾られていた。

平成十九年十月の第二十二号では田端展の名前が消えたが、この頃、天瀬（渡辺晋）は中井に岡山大学理学部乙類で受けたドイツ語の授業について話したことがある。

この理学部乙類というのは二年間の医学部進学課程だが、それが済んでから医学部を受験しなければならないのだ。ちょうど旧制中学五年・旧制高校三年・旧制大学四年と同じように、新制中学三年・新制高校三年・理学部乙類二年のあとに医学部四年がくるのだ。

その理乙の二年間に習ったドイツ語の先生は四人だった。医学部受験のための特訓をしたのは杉山という少し若い教授で、あとはヘルマン・ヘッセをしていた助教授と、ハンス・カロッサの講義をしていた講師だったが、この二人は選択で余分に単位を取ったのだろう。

一番年長は大山定一《ていいち》教授で、独文科の学生にまじって聴講した記憶がある。リルケの『マルテの手記』を訳していたが、独文の連中は彼のことを「おおヤマ師」と呼んでいた。

中井は大山定一の名だけは憶えていた。大山は香川県の出身で、旧制六高から京大独文科を卒業し、岡山大学独文科教授のあと京大教授になっている。中井より十歳ほど年長だったらしい。

晩年の中井はそうした話をひどく懐かしがったし、旧制高校寮歌祭の話も時々してくれた。

中井邸の書斎にて　前列左より中井先生、奥村、砂本、天瀬、吉山、後列左より長尾、葉山

これも高齢化の兆候だったのだろう。

話が脱線したが、平成十九年の第二十二号と二十年九月の第二十三号で、またまた中井はシュニッツラーを取り上げた。すなわち第二十二号は「ライゼンボーグ男爵の運命」で、中井は次のように述べている。

> 医者であるよりも、ひたすら作家として生きつづけ、爛熟したウィーン文化を代表して、広くドイツ文学に異彩を放ってきたシュニッツラーの、この恋愛三昧《ざんまい》(16)みたいな小説も、いかにも彼の本領らしい代表作のひとつといえるだろう。

ところで、次の第二十三号の「ギリシャの舞姫」にも藤本直秀の「ギリシャの踊子」という訳がある。

いくらか付言すると、心臓麻痺で死ぬるマチルデ・ザモデスキー夫人の別荘に、ギリシャの舞姫の白い大理石の彫像がほの白く光っているのだが、このあたりのムードはアイヒェンドルフの「大理石像」を思い出させる。

一般的に翻訳物の出来の善し悪しは、訳者が原本にどれだけ感情移入できたかによると思われるが、最後にまた出てくる大理石の像も含めて、中井訳のほうが雰囲気があるし分かりやすいようだ。

さて二十三号ではグラフィックデザイナーの長尾美知子が入会し、林芙美子の伝記を書いている。

第4節　蹉跌と達観のエッセイ

「文芸にこだわる手記」

翻訳もやめた中井は、自分に関する実録的随筆を二度、続けて書いた。平成二十一年九月の第二十四号では「文芸にこだわる手記」と題して、文学歴につき、縷々述べている。

まず自作の「椿花咲く南国の」から始まり、十円の賞金を貰ったので当時はまだ無名だった梶井基次郎(17)の小説集『檸檬《れもん》』を一円ほどで買ったこと、ドストエフスキーの『罪と罰』を読みふけったことなどだ。

第一章でも触れたが、熊本の五高で二級下だった梅崎春生は東大国文科へ進学し、中井の本郷時代に近くへ下宿したので交際が復活していた。作家志望の梅崎は酒が好きで、落第横丁の安い飲み屋で酔いつぶれていたので、《そんなに飲んだくれていると、まともな小説なんか書けないぞ》と、先輩面《づら》をして一喝した。その後も彼は、時々下宿へやってきて、英文のポルノをみやげ（土産）に持ってきたり、作家では内田百閒《けん》(18)が好きだと言うのであった。

中井と同年で東大経済学部に籍を置く壇一雄も近くの下宿にやって来た。中井が憧れた北原白秋の出生地である柳川が壇の本籍の柳川と重なって、急速に接近したようだ。この辺りは以前の記述とダブるところがあるが、中井の意識の流れとしてお読みいただきたい。

本郷の下宿街に現れ知己となった一人に、大阪育ちで中井と同年配の織田作之助もいる。二人が顔を合わせたのは、落第横丁のペリカン食道だった。旧制三高（京都）に五年在学して中退した織田は、作家というレッテルを得るため上京したのだ。じっさい彼は改造社の『文藝』[19]に「夫婦善哉《みょうとぜんざい》」が推薦で掲載され作家と呼ばれるようになると、大阪へ引き上げる。大阪へ行った時は、道頓堀のキャバレー・赤玉に連れ込まれ派手に飲んだ。

太宰治を中心とした同人誌『青い花』に太宰が「ロマネスク」[20]を載せていたことなど、第三章までに述べたことの裏話的なものを丹念に記している。ドイツ文学の分かる者が欲しかった太宰は、中井の下宿で短篇「神話」を読んで感心し、「是非、『青い花』に入れさせてくれ」と頼み、中井も了承した。ところが太宰はじめ『青い花』の同人たちが大挙して保田与十郎らの『日本浪漫派』に流れ込んだので、結局『青い花』第二号が発行されなかった。もしこれに載っていたら、中井の中央文壇における評価は高まったのではあるまいか。

結局、「神話」は活字にならなかったので、中央公論社の懸賞募集に応募したものの、この小説が軍部の圧力で陽の目を観ぬようになったこと、検閲に無難な大田洋子（傍点筆者）を一位にすえて雑誌は発行されたものの、『中央公論』もつぶされたことなどが述べられている。何としても書き残したかったのは「神話」のことらしい。

中井正文の文学は自然主義・レアリズム系のものではない。もっとも興味を惹くのは「神話」だが、そのサブタイトルあるいはエピグラムのように使われたシュテファン・ゲオルゲ[21]の詩も、彼の文学を暗示しているようだ。

　おお　妹よ
　灰色の素焼きの壺をとれよ　（ゲオルゲ詩集《霊魂の年[22]》）

ご存知のようにシュテファン・ゲオルゲは、ドイツ象徴主義《ジンボリスムス》を代表する詩人だ。思想的には楽劇のワーグナーの影響があるかもしれないが詩人として開眼するのはフランス象徴主義《サンボリズム》の人々、わけてもステファン・マラルメの謦咳に接してからであろう。詩人の系譜でいえば、ホフマンスタールやリルケに繋がって行くのだが、「神話」はそうした詩的な物語でもあった。

そして、意外なところから取り上げられたのである。

《恩讐の彼方のこだわり》

中井はその翌年、同誌の第二十五号（二〇一〇年九月）に、平成二十二年二月六日付『東京新聞』夕刊「大波小波」欄の《恩讐の彼方のこだわり》と題した一文が送られてきたことを記している。横浜事件（前掲）に触れたあとの中井に関する部分を引用させて頂こう。

> （前略）事件によって廃刊に追い込まれた『中央公論』は、石川達三の「生きている兵隊」によって発禁処分を受けるなど、それ以前から睨《にら》まれていた。その煽《あお》りを喰《く》った一人、中井正文が同人誌『広島文藝派』最新号に随筆を載せている。当時『中央公論』の懸賞小説の一等に内定していた彼の「神話」が、恋愛小説の自粛を求める当局からの通達によって、無難な内容の大田洋子（傍点筆者）「海女」と差し替えられた、という。
>
> 中井の筆に恨みがましさはもはやない。しかし仮に一等で掲載されていたら、芥川を破り、当時の最年少掲載記録を打ち立てたはずの彼の人生は少なからず変わっていたに違いない。カフカの翻訳者としての彼の仕事は、小説家の余技となっていたかもしれない。
>
> 中井の筆の悠揚たるや、翻ってなんら抑圧のない今の世の文学を刺す。もっと書くことに情熱や執着があってもよいのではないか。淡々としたその随筆のタイトルは、「文芸に

こだわる手記」である。

ときに漢文調の堅い言葉が出てくるものの、簡にして要を得た文章である。中井は「大波小波」というコラム名から、むかし東京にあった『都《みやこ》新聞』(23)という文芸欄と演劇欄に優れた新聞があって、自然主義文学の雄・徳田秋声《しゅうせい》が最後の小説「縮図」を発表したのがここだったことを思い出す。中井の文学は自然主義の系統ではないが、秋声の長男で作家の徳田一穂(24)と中井は、本郷時代に親交があったのだ。

秋声の「縮図」は連載八十一回で中断しているが、これは小説の自粛を求める当局の命令で止させられたもので、彼は秋声は終戦を待たずに七十三歳で他界した。一穂から中井に宛てた葉書の中に、《秋声のみでなく、独歩《どっぽ》も藤村《とうそん》もみんな暗いですね》という言葉がある。

ところで先述の「大波小波」は、中井の「文芸にこだわる手記」を読んで書いたものらしく、文人の誰かが報せたことになるだろう。

徳田一穂も候補の中に入りそうだが、昭和五十六年に死んでいるから不可能だ。東大卒のドイツ文学仲間は少なくない。高橋義孝(25)や中野孝次(26)などに、中井は一時期『広島文藝派』を謹呈しておられたようだが、彼らの多くは死亡している。

ともあれ重要なのは東京でも『広島文藝派』に目を通す者がいたということであり、広島を無視していたわけではないとしても、広島を超えた存在だったと言えそうなのだ。
しかし第十六号以降、「編集後記」が見られないのは気になるところだった。集まった原稿を並べて印刷所に回しただけでは、不十分なのではあるまいか。

【註Ⅲ】

（1）笹本毅の「昭和の精神」では、代表的思想家として石原莞爾、橘孝三郎、北一輝、保田與重郎、三島由紀夫の五名を挙げている。

（2）木本欽吾の論文「若いハイネ――ハイネ伝のために」などは、『広島経済大学研究論集6』（一九六八年六月）を参照されたい。

（3）青野ひろ子の追悼文は『広島文藝派』第三十二号（二〇一七年九月）に掲載された。他の場所でも引用している。

（4）富山市で刊行している『かいむ』（ドイツ語の Keim「芽、胚」の意味であろう）は、女性主体のレベルの高い同人雑誌である。『文学界』一九九三年十一月号の同人雑誌評は『かいむ』復刊一号に載った青野ひろ子「翔んでいる」や葉山弥世「湯布院にて」を取り上げている。

（5）青野ひろ子・葉山弥世の両人によれば、同人誌『水炎』の崩壊は、木戸博子が「水炎の名は使わないでくれ」と言ったことによるという。

（6）天瀬裕康『停まれ、悪夢の明日』（近代文藝社、一九八八年四月）は、渡辺晋名義で『中国新聞』（夕刊）の「ショート・ショート」欄に寄稿したものが約三分の二で、中国新聞社の許可を得て天瀬裕康名義の短篇集に収録したものである。

（7）大正九（一九二〇）年に創刊し、昭和二十五（一九五〇）年七月に終刊したこの雑誌は、一般的には探偵小説やSFの前駆作品の専門誌と思われがちだ。多くの探偵作家を輩出させたことは事実だが、モダン・マガジンだったと解釈してもよいだろう。

（8）フランク・ホーヴァット著、吉山幸夫訳『写真の真実』（トレヴィル、一九九四年九月）はホーヴァットがインタビューした十四名の意見を纏めたもの。トレヴィルは倒産し絶版。

（9）広島文壇のお歴々は志條みよ子の〈梟〉に屯したが、他の一つの拠点が〈いっこ〉に在ったことも記録に残してよかろう。

（10）この「チロル」は、『神の島』（昭和二十四年）や、『広島の橋の上』（昭和六十三年）に収録された、あの「チロル珈琲店」と同じ店をモデルにしている。

（11）兼川晋『百済の王統と日本の古代〈半島〉と〈列島〉の相互越境史』不知火書房、二〇〇九年十二月

（12）藤本直秀は大阪生まれ、三高（京都）文乙を経て京大独文を卒業。訳書として『シュニッツ

ラー短篇集』（三修社、一九八二年一〇月）がある。これには、「賢者の妻」Die Frau des Weisen（中井訳では「賢い男の妻」）と「ギリシャの踊り子」Die griechische Tänzerin（中井訳では「ギリシャの舞姫」）、および「花」Blumen（中井訳では「花束」）が収録されている。この原題は「花の複数」で「花束」にはBukettという言葉がある。中井があえて「花束」としたのは内容によるものと思われる。

（13）田端の「午後の陽《ひ》荘の女」の中の表現に葉山が異議を唱えたのに対し、田端が執拗な反論の手紙を繰り返して葉山が困ったという出来事。葉山は前掲の「中井先生と私」の中で、《話のついでに私の口から洩れたその件を、先生は鷹揚に笑って「気にしなくてもいいですよ」と言われた》と記している。なお『縮景園—一九四五年—』（溪水社、二〇〇六年一一月）に収録したさい田端は、問題となった表現を変更している。

（14）初出が『梶葉Ⅲ』の「被爆舞踏曲」は、一九九五年七月に溪水社から単行本として出版されたが、田端の没後、『被爆博覧会』（文芸社、二〇〇八年七月）として刊行すべく労をとったのは寺島洋一だった。彼が編集する『地平線』四十三号（平成十九年十月）には田端展に関し、岩崎清一郎、小久保均、天瀬裕康たちが一文を載せている。

（15）B5判二十四頁の寮歌祭パンフレットと関連資料は、渡辺晋様／玲子さま宛で平成十八年十月二十七日に中井先生から送られてきた。

（16）森鷗外訳のシュニッツラー「恋愛三昧」Liebelei（いちゃつき、情事の意）は三幕のSchauspiel（演劇）で、『鷗外選集』第十九巻（岩波書店、一九八〇年五月）などで読むことができる。「恋愛三昧」は、女たらしの青年フリッツが純情な町娘クリスティーネを弄んでいるうちに、別の人妻と関係し、その夫との決闘で斃れ、クリスティーネがそのあとを追うような暗示で幕。

(17) 大阪に生まれた梶井基次郎（一九〇一～一九三二）は、三高から東大英文科を卒業。簡潔な描写と詩情のある文体で二十編あまりの小品を残して夭折。文中の『檸檬』は処女出版で代表作。

(18) 内田百閒（一八八九～一九七一）は岡山の造り酒屋に生まれ、六高から東大独文卒。夏目漱石の「夢十夜」の影響を受け短篇集『冥途』を出版。芸術院会員に推されたが辞退した。

(19) 改造社の『文藝』は、同人誌から優秀な作品を掲載しており、織田作之助の「夫婦善哉」は昭和十五年七月号に載った。選考委員は青野季吉らの四人で、川端が織田を強く推薦したという。中井正文は『風土』に載せた「北国の美しい河」で応募したが選考から落ちた。

(20) 太宰治の「ロマネスク」は、昭和九年十二月発行の『青い花』創刊号に発表された。《むかし》を舞台にした三つの掌篇から成っており、ドイツ・ロマンティークの味がしないでもない。太宰がドイツ文学の分かる同人を探していたのが分かるような気がする。

(21) シュテファン・ゲオルゲ（一八六八～一九三三）はドイツ象徴主義を代表する詩人。ライン河畔ビンゲン近くのビューデマハイムに生まれ、旅館業・ワイン仲買人を父として恵まれた環境に育った。ヘルマン・ヘッセの先蹤《せんしょう》者とも目されている。

(22) 中井正文が「神話」のエピグラムとして使った《霊魂の年》の原題は Das Jahr der Seele だ。

手塚富雄・富士川英郎・大山定一により「魂の一年」と訳されたものが、『世界名詩集大成（7）ドイツ篇Ⅱ』（平凡社、昭和三十三年十二月）のゲオルゲの部に収録されている。

（23）明治以来の『都新聞』は一九四二年、新聞事業令により他紙と統合・合併され『東京新聞』となる。中日新聞東京本社が発行した。

（24）徳田一穂は生来の虚弱体質で、旧制四高（金沢）の受験に失敗。慶大文学部も中退し、「文学者」に作品を発表。演劇・音楽も好み、ディレッタント的な生涯を送っていた。

（25）高橋義孝（一九一三～九五）は東京出身。旧制高知高校から東大独文卒、フンボルト基金でドイツ留学、戦争中は陸軍科学學校教授。戦後は九大教授、横綱審議委員会委員。

（26）中野孝次（一九二五～二〇〇四）は千葉県出身で旧制五高、東大独文卒。国学院教授で作家・評論家。代表作『ハラスのいた日々』を、天瀬は大竹の読書会で取り上げたことがある。

第四章　創刊者の死と同人誌の終刊

第1節　背後に潜むもの

大田洋子の影

前章の第4節における手記と記事では、どちらにも大田洋子の名前が出てきた。内容的には一つのポイントなっている。そこで彼女の概略を述べておきたい。

大田洋子（本名初子）は明治三十六（一九〇三）年十一月二十日、広島県山県郡原村（現・北広島町）で生まれた。長崎謙二郎（既出、第一章）と同じ年、しかも一日違いである。

その後、母親の再婚に伴い広島県佐伯郡玖島村（現・廿日市市）に転居、玖島尋常高等小学校に転校し卒業する。大正七（一九一八）年、広島市の進徳実科高等女学校本科に入学、卒業後の大正十一年には安芸郡江田島村（現・江田島市）で裁縫教師となるが、翌年には『芸備日日新聞』に「悩める人々」が掲載された。以後も新聞小説を繰り返すため転職するが、中央の雑誌に小説を発表。この間、不幸な結婚を経験するが、作家としては認められてゆく。

中井正文の「神話」が軍部の圧力で第二位となり、大田の「海女」が第一位になった出来事は、まだ無名だった中井には痛手となったが、『櫻の園』などで既にある程度は名を成していた大田は、「海女」が第一位にならなくても作家街道を進んだものと思われる。

戦後は『屍の街』などにより原爆作家と呼ばれるようになるが、戦争末期には流行作家になっており晩年には老年文学の境地を開いた大田に原爆作家のラベルを貼り付けてしまうのは、ある一面を誇張した行き過ぎではあるまいか。

大田について、古くは江刺昭子の『草饐《くさずえ》 評伝大田洋子』(1)（濤書房、昭和四十六年八月）があり、比較的最近のものとして、池田正彦編の『大田洋子を語る 夕凪の街から』(2)は表紙に四国五郎の絵を使い、平本伸之(3)の非原爆小説に比重をかけた論考が載るなど貴重な一冊といえよう。天瀬裕康が大田洋子について書いたものには、短篇、戯曲、随想などいろいろある(4)。

くわしい評伝は平本伸之などの研究者に任せするとしても、天瀬も洋子の生涯の概観を描きたかったので、転々と変わった住所を、著作権継承者の中川このみ様(5)に尋ねたことがある。彼女自身、『元気じゃけえね』などを出版している作家であり、さっそく知らせを受けているが、個人情報保護の観点から、寄宿先の氏名および在住した年月は省略し、昭和五年ごろから戦後十年間とのみ記しておく。

本郷区希町九：東京市外上落合二丁目五四五：淀橋区諏訪町二五〇：淀橋区戸塚町三丁目三

一八：中野区小滝町二八：渋谷区幡ヶ谷原町八八五：千駄ヶ谷町四—七三六：渋谷区幡ヶ谷笹塚一二三〇：練馬区南町二—三六五九：練馬区南町四—六二六〇：広島市白島九軒町の妹宅へ疎開：被爆。広島県佐伯郡玖島村で二ヵ所、同郡友和村に一ヶ所転居：江古田二—七八〇：練馬区春日町一—一八二三：中野区鷺宮二—八六三。

なんともよく転居したものだ。

これらの中には、中井所縁の人と接近した時期があったかもしれないし、被爆後に仮住まいした広島県佐伯郡玖島村在住の頃の大田には地縁もあるが、じつはかなりの距離がある。

ただし、梶山季之が編集していた『天邪鬼』第二巻第一号（昭和二十六年三月）所収のアンケート「同人雑誌に望むもの」（四十八名）には中井も大田も、かなり真摯な注文をつけており、このあたりには通じ合うものがあるかもしれない。

なお、平成十二（二〇〇〇）年七月三十一日付『中国新聞』(6)によると、昭和二十八（一九五三）年の十月、小説の取材で広島に帰った大田洋子を地元作家が囲む座談会が開かれたことがある。このとき話が原爆をテーマにした作品に及び、中井正文は、《自分も三、四百枚は書いているが思うように書けなくて発表する気になれない》と発言している。

大田の死はその十年後、昭和三十八年十二月十日で享年六十歳であり、このとき中井は五十歳で広島大学分校教授だった。

回想の寮歌祭　中井冬夫氏蔵

辞意洩れる

少し脱線したので、ここらで話を中井自身と同人誌に戻すと、彼が翻訳を『広島文藝派』に続けて載せるようになった二十一世紀の初め頃、短時間だが以前にも出た旧制高校や寮歌祭について語り合ったことがある。広高を母体の一つとする広島大学には長らく奉職してきた故もあり、あらかたの事情は知っていたからか、中井はむしろ六高に興味を示すことがあった。あるいは旧制高校のことを話す相手が、天瀬の他にはいなくなっていたせいなのかもしれない。

平成15年の家族写真　前列左より美代子、晶子、後列左より冬夫、正文
中井冬夫氏蔵

何回か出席している広島での寮歌祭の写真を見ると、中井はよく喋り、よく歌っていたようである。

旧制五高のサッカー部で鍛えた中井正文は、歳をとっても元気だった。九十歳の卒寿が来た平成十五（二〇〇三）年になっても、居宅周辺の地御前を自転車で走っていたという。十月十三日の中井邸における家族写真を載せておく。

だが少ししてから転倒し、足を骨折した。それ以後は自転車乗りは止めて自転車漕ぎを購入し、それを漕ぐのが日課になったが、九十歳代も後半に入ると足腰が弱って、自転車漕ぎも止めてしまう。そうなると筋肉はますます萎縮する。

合評会を中井邸で開くようになったのは、こうした事情によるわけだが、高齢化・老衰化は中井代表だけでなく、会員のすべてに起こっていた。退会した会員・同人もいる。平成二十年九月発行の第二十三号における同人は、中井を入れて五名になっていた。この頃から「代表辞任」という言葉が中井の脳裡を過《よぎ》りだしたようだ。

想広島文藝派

先賢始会幾星霜
上梓文林気勢揚
辭意卒然如夢裡
誰論行路奈無王

広島文藝派を想《おも》ふ

先賢《せんけん》　会を始めて　幾星霜《いくせいそう》
文林を上梓《じょうし》し　気《き》勢《せい》揚《あが》る
辞意卆然として　夢裡《むり》の如し
誰か行路を論《さだ》めんや　奈《いかん》せん王《おさ》無《な》し

先賢＝先達、ここでは中井正文先生。文林＝同人誌「広島文藝派」のこと。王《おう》＝かしら、おさ。〈中井先生が文学の会を始められてから、多くの年月が経った。この間「広島文藝派」などを刊行し、気勢があがったものだ。ところが突然、代表を辞められるという。夢みたいな話である。いったい誰が、これからの舵をとって行くのだろうか。残念ながら、かしらになれる人はいない〉という意味。

そうした意向がふと耳に入ったころ作ったのが前記漢詩の原型で、求心力の観点から辞めて欲しくないという心の迷いからか、何度も改稿している。(7)

引退を覚悟したせいか第二十六号から、中井正文の作品が見られなくなったのは寂しいが、代表はあくまでも地御前の中井正文であり、編集は復刊以来変わらず《広島文藝派》の会だ。

第二十七号は葉山弥世、天瀬裕康、砂本健市、吉山幸夫が寄稿し、平成二十五(二〇一三)年九月発行の第二十八号も同様であった。

そのあと平成二十六年の晩春、中井正文代表から正式に辞任の言葉が漏れた。天瀬裕康が「あとをよろしく頼む」という葉書をうけとったのは、六月十四日だった。いくらか水面下での折衝があったとはいえ、第二十九号の原稿締め切り日も近づいた時期だったので、天瀬は躊躇したが、結局、二年間だけという条件で後任を引き受けたのである。(8)

天瀬はさっそく編集業務に取り掛かった。引き受けた以上、レベルを落としてはならないという想いが強かった。

新しい試みといえば《巻頭のイメージ》という頁を作って、そこに中井先生の作品の一部を惹句式に入れたこと。中井正文という名を目次の中に見せたかったからだ。

目次も派手にしたかった。目標は創刊号と2号（第二章第4節）だった。出版情報などを入れて、見開き二頁を当てる……。

原稿集めに不安の多い二十九号だったが、まず砂本健市がいつものように詩「星」を提出し、葉山弥世の小説「あの一年」に天瀬の「黄色く消えない火」を加え、吉山幸夫のエッセイ「人生さまざま」に天瀬の随想的論考「ドイツ演劇文学あれやこれや《ディース・ウント・ダス》」も入れた。さらにこの号から渡辺玲子が寄稿を始め、創作「合宿の夜に怪しばむ」を載せている。

中井と彼女との繋がりは既に第三章第3節で述べた通りだ。以前ほどではないとしても、広島ペンクラブや西南法人会の仕事で忙しかった渡辺玲子は、同人になるのは躊躇したのだった。

第2節　創刊者逝去の前後

最後のインタビュー

平成二十六年九月九日、中井正文は『鈴峯学園物語』[9]（第一～四集）の作者・磯部義國氏と角清子先生の訪問を受けた。『鈴峯通信』などに載せる記事の取材で、磯部は三度目だった。

平成二十七年一月に出た『鈴峯通信』第一三一号の「第二三話　中井正文先生」は、若き教師中井と生徒たちの絆を詳述しており、一部は第一章の第４節と重なるが、当事者の話が出るので生々しい。あまり重複しないように流れを書いておこう。

昭和十七年、中井は最初に奉職した広島商業実践女学校（翌年から広島実践高等女学校）で国語を教えており、一期生や二期生（相当な年齢と思われる）を鈴高放送部が取材して中井先生の話を聞き出すと、「とても素晴らしい先生」「ロマンチックで素敵な先生」と語っている。あだ名は口癖から「アルス」だったそうだ。「藝術《アルス・ロンガ》は長く、人生《ヴィタ・ブレヴィス》は短い」というところか。

興味深いのは昭和十八年十二月以後で、大本営がマキン島・タラワ島守備隊の玉砕を発表したあと、生徒は臨時総会を開き、海軍に戦闘機を寄贈する決議をする。十四、五歳の少女たちは年末年始の街頭募金を始めた。

鉢巻き姿に「献翼挺身隊」の腕章を着けた生徒たちの叫びに広島市民は感動し、多額の寄付が集まった。『中国新聞』は「決戦女学生献翼挺身」と写真入りで報道する。昭和十九年三月、生徒は呉の海軍鎮守府に募金八万円を届け、後日、海軍から「報國　実践高女生号」と翼に書いた戦闘機の写真が送られてくる。

これを題材にしたのが第一章４節でも述べた中井正文の直木賞候補作「寒菊抄」だから、こちらは「真説・寒菊抄」といったところだろうか。

　戦争末期の写真には裏面には、みな《検閲済　年月日　陸軍運輸部》の赤い検印が押してある。取材を纏めた『鈴峯通信』第一三一号掲載の写真にも赤い検印が出ている。その中の一枚、中井が担任であった二年生蘭組（昭和十八年一月頃）の写真において、蘭組の旗を持つ生徒は、もんぺ姿の上に、下腿にはさらにゲートルを巻いているのが印象的だ。

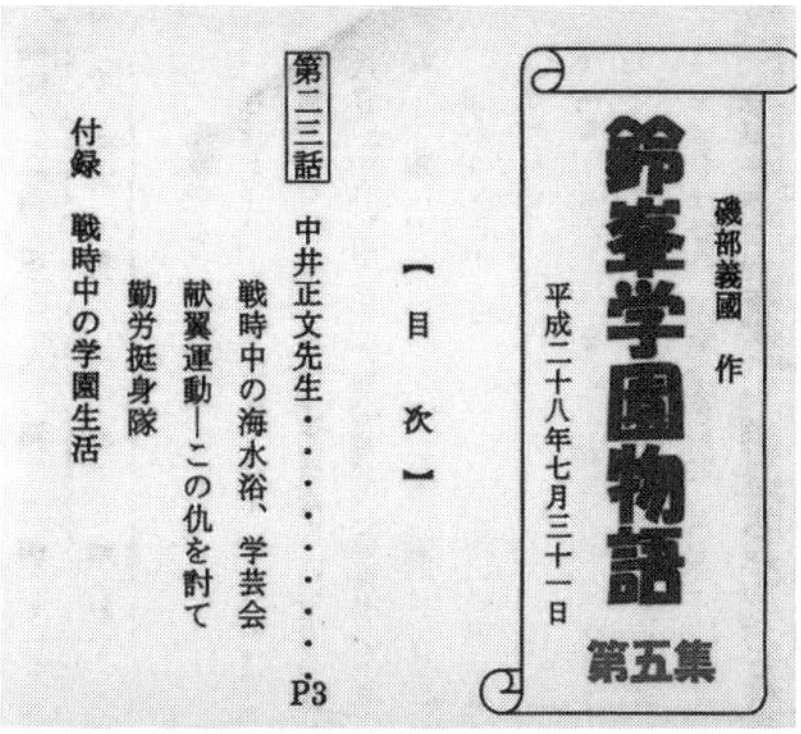
鈴峯学園物語
第五集
磯部義國　作
平成二十八年七月三十一日

【目　次】

第二三話　中井正文先生・・・・・・・・P3
戦時中の海水浴、学芸会
献翼運動―この仇を討て
勤労挺身隊
付録　戦時中の学園生活

『鈴峯学園物語』磯部義國氏蔵

　こうした戦時色の濃い話の他に、中井が校誌『鈴峯』の創刊に貢献したこと、息女二人が鈴峯同級生であることに触れ、加藤登紀子が歌う「椿花咲く」のレコードを聞かせて下さったことなどを報じている。

　この時、中井正文は百一歳だったが応答はしっかりしており、書斎での写真も矍鑠としていたが、その後は老衰が日毎に進んだようであった。

　ちなみに、取材記事を入れた磯部義國・作『鈴峯学園物語』第五集が発行されたのは平成二十八年七月三十一日、中井正文逝去の二ヵ月前だったのである。

追想の生徒たち、ほぼ中央に中井先生
『鈴峯学園物語』より転載。裏に陸軍の検印→

代表再交代と中井先生仙遊

さて『広島文藝派』のほうは、三十号も二十九号と同じ体制で編まれた。

巻頭のイメージはカフカの『アメリカ』の中井正文訳の一部を使わせて頂き、詩は砂本健市の「常階（ときのきざはし）」、エッセイは吉山幸夫の「人生さまざまー（二）」、創作は葉山弥世の「そして、シェルターで暮らす」、渡辺玲子の「いくつかの世界の端で」、天瀬裕康の「詩仙の末裔は詞仙」である。あとは出版情報や文化記事で、この年度の大きな仕事としては、広島市文化協会文芸部会への加入があった。とかく閉鎖的になりがちだった『広島文藝派』が生きた化石にならないためである。

その後約束により、天瀬裕康は代表を葉山弥世にバトンタッチした。そして残念ながら、吉山幸夫が体調不良のため退会した。

平成二十八（二〇一六）年の第三十一号は、新代表・葉山弥世の手で編まれ、予定の如く九月三十日に発行された。

巻頭のイメージには中井正文「広島の橋の上」から一節を引き、小説は葉山「タヒチからの手紙」、渡辺「乱調フィギュア館」、天瀬「我がふるさとは地の底に」である。

詩は砂本の「登り窯」で、「休憩室」として葉山が三十年近く前の北日本文学賞「選奨」のことや《隠し文学館　花ざかりの森》について書いている。また試論的エッセイとして渡辺晋が「栗原貞子作品から新しい詩論構築への試み」を載せている。

さらに天瀬や葉山が出版した本の紹介もしてあり、総ては順調に推移しているように思われた。だが常に同人の中心に在った創立者の中井正文は、その翌月に亡くなられるのである。

十月下旬の気象はほぼ平年並みだった。二十六日にはフィリピンのドゥテルテ大統領来日の記事が新聞を飾っていた。

二十七日の木曜日は午前八時半過ぎに、三笠宮の逝去（百歳）のニュースが流れた。そして、中井正文は平成二十八年十月二十七日十二時三分に他界。連絡は、その時点で『広島文藝派』

代表だった葉山弥世から齎《もたら》された。

享年百三歳、病名は肺炎だが自然死に近いものだったのかもしれない。

葉山弥世は股関節手術による入院中で歩行不能のため、天瀬裕康が鶴瓶落しの夕日の隠れる頃お通夜に参上した。身内の女性が二人ほど、手伝いのためか奥村斉子が来ていたと思う。

少し経ってから砂本健市が顔を出した。

通夜における先生の死に顔は安らかだった。死亡・逝去・他界……いろんな表現があるが、仙遊といった感じだ。仙人となって天に登るのである。

家族葬ということなので、ご迷惑にならぬよう早めに辞去した。

告別式は親族とごく親しい近所の人たちだけで行なわれた由、参列した砂本の話によれば、それなりにいい葬儀（傍点筆者）だったという。

戒名は「釋　顕証」——。

天瀬裕康は自宅において、あれこれ思い返しながら漢詩を一首詠んだ。それは翌年の第三十二号に載ることになる。

残された者たちの課題は、翌年以後も継続して『広島文藝派』を発行することだろう。

平成二十九年九月に発行された第三十二号は、いつものメンバーがそれぞれ詩や小説を載せているが、期せずして中井正文追悼号のような形になった。

これまでにも時々引用させて頂いたけれど、砂本健市は「中井先生の思い出」を、青野ひろ子は「穏やかでお酒が強くて」を、葉山弥世は長文の「中井先生と私」を書いた。

渡辺晋は「再発掘と思弁―中井正文の人脈と同人誌―」および漢詩二首（渡辺杜宙名義）を出し、渡辺玲子は「中井先生と広島図書㈱の雑誌―その執筆内容の概略と展開」において、文彦というペンネームも使っていたことを明らかにした。これで作家・中井正文の幅が広がるだろう。

そこで思い巡らすと、中井正文は体制や大勢に従うことが嫌いだったに違いない。

だが他の人々は中井正文を、どのように評価していたのだろうか。

第3節　評価・顕彰・追想

地方文壇のこと

原爆作品との関わりから、年ごとに碑前祭をして貰っている人たちは別として、広島の文壇に貢献した人は少なくない。

東京での作家活動後に広島へ帰り、生涯、広島で文芸活動を続けた人に畑耕一がいる。お笑いの劇作家であり密度の高い怪談作家であり、俳人でもあった耕一に関しては、広島市立中央図書館のホームページを検索すれば読む[10]ことができる。

小久保均は広大文学部卒、「折れた八月」で直木賞候補（一九七二年）、「夏の刻印」で芥川賞候補（一九七七年）となった。東京での仕事を辞めて広島に帰り、「非被爆者が書く原爆文学」を目指した。中国新聞文化センターでの講師など、広島に貢献している。

岩崎清一郎は昭和三十三年五月に『安藝文学』を創刊し、多くの作家を世に出しながら、いまなお続けている。『梶葉』Ⅱ（平成五年九月）及びⅣ（同八年七月）からⅧ（同十二年七月）まで六回続いた「広島の文学―ゆかりある作家たち」は、大きな収穫といえよう。

山田夏樹は昭和四十七年から『凾』（創刊は昭和三十六年九月）の発行を引き受け、この同人雑誌を護るとともに、広島市文化協会理事・同文芸部会事務局長として地道な働きを続けている。余談ながら、大田洋子から畑耕一に宛てた手紙をお持ちだ。

渡辺晋（天瀬裕康）がこうした地方文壇の動きに興味を持ち始めたのは昭和の終り、丸善広島支店（平成十四年閉店）が本通りのアーケード下の本通五番八号にあったころ、店内の一角を使って、ささやかな同人誌展が開かれた時[11]からだ。このとき『歯車』『安藝文学』『凾』『広島文藝派』の他、『イマジニア』も出ていた。この種の企画は、このときだけで終わったが、広島ではまだ市民権を得ていなかったSFが純文学の同人誌と同じ場に展示されたことは、渡辺にとっては嬉しいことだった。

二十一世紀になると、平成十三（二〇〇一）年九月から、「21世紀原爆文学をつなぐ作家たち」という企画が、「広島に文学館を！　市民の会」により、広島市立中央図書館セミナー室でスタートした。

これは地元作家あるいは広島ゆかりの作家についてのイベントであり、お話「自作原爆文学を語る」と「朗読」からなっている。

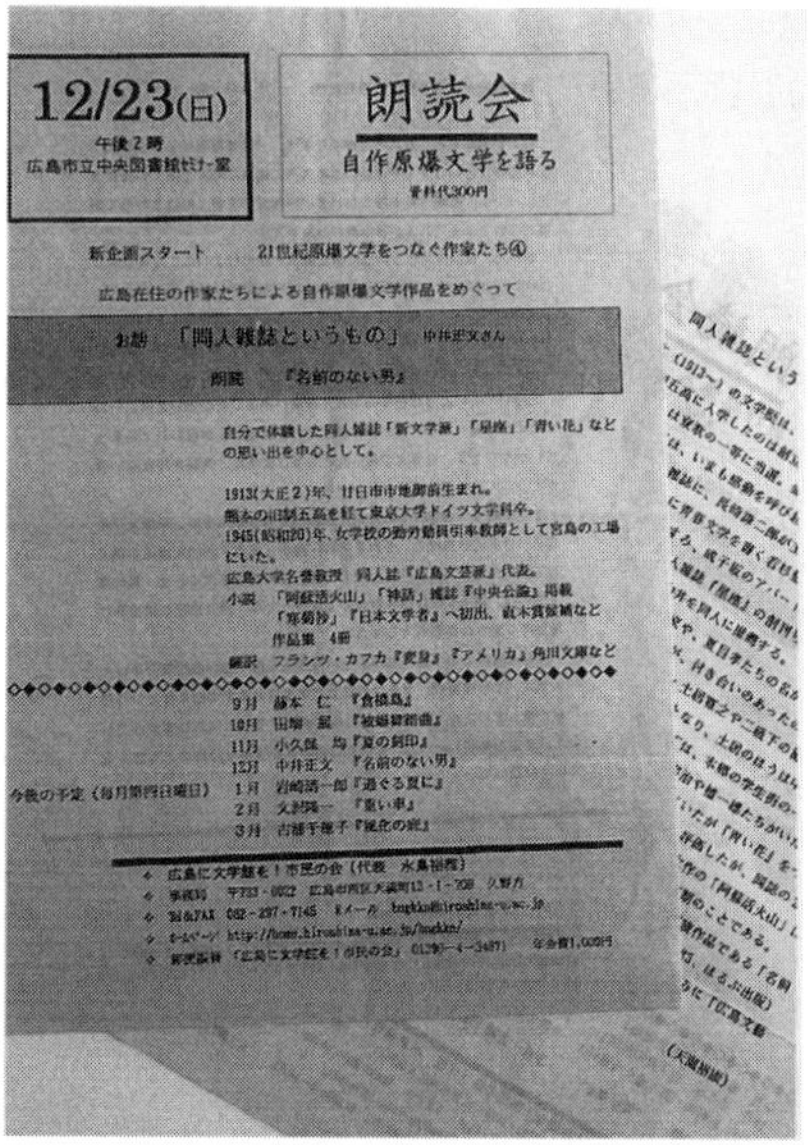

朗読会「同人誌というもの」１面に中井の名、裏面最後に天瀬の名

九月の藤本仁から始まり、田端展（十月）、小久保均（十一月）、中井正文（十二月）、岩崎清一郎（翌年一月）、文沢隆一（二月）、古浦千穂子（三月）と続く。

中井正文の話「同人雑誌というもの」と「名前のない男」の朗読は、十二月二十三日（日）午後二時からだった。朗読の作品選定は問題ないが、演題のほうは他の演者と少しニュアンスが違う。じつは中井（八十八歳）の希望により、天瀬（七十歳）が代筆代弁することになり、中井の同人雑誌歴を述べながら「名前のない男」へ繋いだ草稿を作ったのである。

同じような趣旨のイベントとしては、広島市文化協会文芸部会が平成十九（二〇〇七）年十一月に広島市立中央図書館で開いた企画展、「掘り起こす広島の文芸―大正デモクラシーから終戦まで」や、平成二十三年十一月十九日から十二月四日まで同所で行なわれた「掘り起こす広島の文芸Ⅱ 戦後占領期の広島の文芸――終戦から講和条約発効まで」がある。

そのどちらも、のちに書物となって発行された。すなわち前者は、同名のブックレットとして平成二十一（二〇〇九）年四月に、後者は『占領期の出版メディアと検閲　戦後広島の文芸活動』と少し題を変えて、二〇一三（平成二十五）年一〇月に勉誠出版から刊行されている。

中井に対しては両書とも、これまでの業績に触れ一定の評価がしてあった。

勉誠出版から刊行された『広島県現代文学事典』（二〇一〇年一二月）の中で、綾目広治[12]は中井が「悲劇役者」を改稿（「炎の画家」のこと）していることに触れ、《原爆の問題を問い続けているゆえの改稿であるとも言える》と述べている。

中井が原爆について語ることはあまりなくて、天瀬が第3号被爆者だと言ったとき、僅かに応答があった程度だ。記憶の中に触れたくないものがあるのかもしれない。

作品には原爆や被爆者はしばしば出てくるから、どれだけ原爆に拘泥していたかは定かでないが、経歴からしても、かなりのこだわりを持っていたことは推測できる。

しかし中井は、大田のように惨状をそのまま描くことは好まなかったのである。被爆者健康手帳（俗に原爆手帳）も取得していない。それなりの信条があったのだろう。

中井に関する『中国新聞』の記事については、すでに各所で引用してきたが、それぞれ適切な評価をしていたと思う。

思い出の検討

葉山弥世の「中井先生と私」(既出)を読むと、一人の少女を学生時代から見守り閨秀作家として成長してゆく過程を眺めて来た、教師の優しい眼差《まなざ》しが感じられる。

これは青野ひろ子の「穏やかでお酒が強くて」の終わりの部分に出てくる、《先生に脱会することを手紙に書いたら、「わかりました。これからも良い作品を期待しています」と、またしてもやさしい言葉だった》も同じ感じなのだ。

要するに中井先生は、女性に優しいのである。〔いっこ〕の奥村斉子ママが中井邸における年一回の合評会を手伝い続けたのも、中井正文の優しさ故であろう。若者・中井の女性に対する優しさと失敗譚を、先述した砂本健市の「中井先生の思い出」から引用してみたい。

(前略)『広島文藝派』第十一号の「旅へのいざない」の中の主人公伊沢は友人の野村にダンスに誘われ出かけたが、自分はダンスが出きなかったので一人ホールの隅で侘しくしていた。やがて友を残して夜の街に出てホテルに向かったとしてあるが、いつかの飲みの会で本人から聞いた話は違っている。
東大在学中、友とダンスホールに行きホールの隅で佇んでいた所までは同じである。ここからが違う。やはりホールの隅で佇んでいる美しい女性が目に止まった。私の推し量るところによると、その女性は別に男性の相手がいなかった訳でもなくただぼんやりと佇んだでいたのだろう。しかし、先生はこれはいけない、ここで黙っていては男がすたると思ったかどうかはしれないが、果然とダンスを申し込んだ。快く受けていただき無事、一曲が終わった。意気揚々と元の場所に帰って来たとき誰かが「君はあの美しい女性を知っているのかね。あれは高村智恵子[13]だよ」と薄暗の中、背後で呟いたそうだ。先生、たちどころに顔面蒼白となり冷や汗がダラダラと出てぶっ倒れそうになりながら、わが身を隠す穴を探したそうである。生真面目で女性に優しい先生らしい逸話である。（後略）

ときにはトチったりドジを踏むほうが人間らしいが、中井の没後、『函』の編集人で発行者の山田夏樹から天瀬裕康に届いた私信には、次のような一節があった。

（前略）大先輩の中井先生なので、親しくお付き合いしたというよりも、常に憧れの存在として接していたように思います。溪水社主宰の懇話会や知人の出版記念会などで、時折席が近くになった際には、文学・文芸の話など聞かせてもらったこともありますが、どんな話を伺ったのか、今は遠い昔のことになってしまいました。

歌がお好きだったことは強烈な思い出です。飲むほどに酔うほどに席か立ちあがって歌っておられました。オペラ風の歌が多かったように思いますが、「命短し、恋せよ乙女……(14)」などと情感たっぷりの歌いっぷりには、少し怖かった大先輩が急に純朴な少年のように思われて親しみを覚えたものです。（後略）

たしかに歌はお好きだったようだ。寮歌祭などの写真を見ると、どれも歌いまくっているように感じられる。『広島文藝派』内部の飲み会では、じっと見守っていることのほうが多かったが、歌が好きなことは間違いない。再び葉山の「中井先生と私」から引用させて頂こう。

最後に中井先生の可愛らしい面を紹介したい。高齢で歩行も困難になられ、会合をホテルのレストランではなく、中井先生のご自宅で行うようになった時のことだ。先生が同人に「まあ聞いて下さい」と言ってプレイヤーの蓋を開けられた。またあの「椿花咲く……」だろうなと思っていると、それではなく、意外なことに流行歌手〔ちあきなおみ〕の歌で、聞こえてきたのは「いつものように幕が開き……」で始まる「喝采」だった。「深夜放送で聴いて、巧いなあと感動したので、翌日の朝刊の広告を見て、すぐ購入したんですよ」

百歳にも近い人が、こんなに庶民的で、若い感性をお持ちのことに、私はいたく感心した。いいと思えばすぐ衝動買いしてしまう自分の愚かさを笑いながら、私は先生のこの柔軟な心を、自分もあの歳まで持ち続けることができるだろうか、と思ったものだった。

じつのところ中井の流行歌趣味は、東大の学生時代からだった。エッセイ「浅草」(15)には、《世相はじわじわと暗くて、「無情の夢」が街にはやっていて、私もおぼえて歌った》と述べたところがある。

佐伯孝夫・詞、佐々木俊一・曲で「あきらめましょうと　別れてみたが……」で始まるこの流行歌の歌詞のうち、殊に二番が中井のお気に入りだった。「喜び去りて　残るは涙／何で生きよう　生きらりょか……花にそむいて　男泣き」を、戦後は佐川ミツオが歌っている。

岩崎清一郎は二十世紀の最後の年、『梶葉《かじのは》』Ⅷ（溪水社、二〇〇〇年七月）に連載してきた

「広島の文学」の第十四章「十、よみがえる春――中井正文の懐古」において、中井が戦後の早い時期にカフカを訳したにもかかわらず、小説にその影響がないのはなぜか、という質問が集まったとき、中井が見せた反応を次のように記している。

六十歳間近のこの先輩は、議論好きではないほうであったから、矛先が我が身に向くと、ヤッテイルゾ、次ヲ見テロと常に似ず肩肘を張るだけだった。そのとき既に「名前のない男」が書かれていたのかどうか。

当時の中井正文の所作が、さもありなんと思わせるように表現されていると思う。女性同人が受けた感じとは別の面もあるのではないだろうか？

著作権継承者の中井冬夫氏は、次のように言う。

世間では、優しく温厚な人との評価だったようですが、家庭では厳しく頑固だったと思います。晩年は少しは丸くなったようです。

これも十分理解できるところではあった。それと同時に天瀬は『広島文藝派』における翻訳時代を前後して、悲喜こもごもだった中井正文の人生における、旧制高校や大学時代の追憶にひたる中井の静かな哀愁を感じたのであった。

第4節　終刊号と最後の合評会

終刊号と関連事項

表紙に赤茶色を使った『広島文藝派』第三十三号は、予定通りに平成三十年の九月末に刷り上がり、送られてきた。終刊号と明記してある。

内容はいつものように、小説が天瀬裕康と葉山弥世。天瀬の「見えぬ何かが迫りきて」は、福島原発事故の現場と広島における放射線医学の蓄積された知識を結ぶ中篇。ちなみに天瀬は「脱原発社会をめざす文学者の会」（略称・脱原発文学者の会、代表・加賀乙彦）の会員でもある。

葉山の「シャラの咲く家」は、広島の大学で化学を教え平和運動をしている男のところへ後妻として長崎から来た女の話、四百字詰め原稿用紙で百五十枚を超える力作だ。彼女は広島市文化協会文芸部会通信『TSUBASA』第十四号（二〇一八年四月）において終刊の挨拶を述べ、《個人的には天瀬裕康も葉山弥世も、それなりに創作活動を続けるつもりですので、今後ともよろしくお願いします》と結び、覚悟のほどを示している。
　詩は砂本健市の「山行」で、《巻頭のイメージ》中井正文「阿蘇活火山」に連動しているようだ。なお砂本は、詩集上梓の予定との由。

有感『広島文藝派』終刊
愛惜同朋誌
多年浴脚光
花開風雨荐
結了感無疆

『広島文藝派』終刊に感有り
愛し惜しむ　同朋《どうほう》の　誌《かきもの》
多年　脚光《きゃっこう》を浴びたり
花開けば　風雨　荐《しきり》にして
結《つい》に了《お》わる　感ずるに疆無《はてな》し

朋は同じ師に就く者のこと。日本では「花が咲く」というが、「咲」は「しなを作って笑う」意なので「開」使った。無疆は無量と同じ意味だが、韻の関係で「疆」とした。

渡辺玲子のエッセイ「同人誌の広告欄と世相」は着眼点が光り、葉山弥世の懺悔録「別れの儀式もなく」は亡き母への追想である。

これに木村逸司の寄稿「中井先生の笑顔」や渡辺杜宙（天瀬裕康）の漢詩も載っていた。

さらに出版報告として天瀬裕康『疑いと惑いの年月』、葉山弥世『花笑み』、天瀬裕康編著『混成詩集　核と今』、天瀬裕康編著『SF詩群　二〇一八年版』、『赤い鳥事典』（渡辺玲子が共同執筆者）なども載っている。編集後記は葉山弥世である。

今度の合評会は解散式になるだろう。

解散、されどなお

前日からの雨は正午までにあがり、午後は青空も見えだした十月十一日、木曜日――午後六時から五日市駅北口の「五日市・魚民」において最後の合評会兼解散式が行なわれた。

これまでの西広島駅前の魚民から五日市駅前に移したのは、中井・元代表の居住地の地御前に少しでも近い場所という配慮があったのかもしれない。

時間が早いせいか、店は閑散としている。開会に先立ち、若き日の中井先生の顔写真（四十六歳、広島文学協会が解散した頃）を中心に、天瀬裕康・砂本健市・葉山弥世および渡辺玲子（以

魚民での解散式　左から砂本、渡辺（玲子）、天瀬、中井先生顔写真、葉山

上・五十音順）の四名が記念撮影をした。次いで会計報告をすまし、乾杯となる。

以後は簡単な作品評やかつての会合のことなどを、いささか感傷的に、だが楽しく語り合いながら、有益な一刻が過ぎてゆく。

各人はそれぞれに、過去の記憶を反芻しているような気配だった。天瀬裕康の脳裡には、梶山季之と大田洋子の姿がちらつく。

中井が梶山のことを懐かしく語ることはほとんどなかった。『広島文学』で敵対関係にあったからかもしれない。中井は初期の「朝鮮半島もの」を除けば、本質的に梶山の小説を文学とは認めていなかったようだ。昭和四十四（一九六九）年における「文壇所得日本一」などは論外である。だが天瀬は、ミステリ・SF・

ポルノまで含めて梶山を敬愛していた。

もう一方の大田洋子は、『中央公論』の懸賞小説で一位と二位が逆転され、作家としてのスタートが狂わされたが、大田が中井を意図的に蹴落としたのではなく軍部の手が背後で動いたためだから、大田個人を恨んだことはなかった。彼女もまた時勢の被害者だったのだ。その点は天瀬も同感だったし、大田の苦悩は取り上げて書くべき対象だと思っていた。

だが原爆に対する態度は違う。中井は大田のように、直接、被爆の惨状を描こうとはしなかった。第一章で述べた状況からすると、第3号被爆者に該当すると思われるのだが、先述したように被爆者健康手帳（俗に原爆手帳）の交付も受けていなかった。

だが原爆を無視していたわけではない。「原爆文学」というジャンルの独立性には疑問を持っていたとしても、「悲劇役者」から「炎の画家」へ、「太田川は流れる」から「本川の流れ」への改作に長い月日をかけたのは、言葉の定義はともかく、やはり原爆文学にこだわっていたからではあるまいか……。

料理を運んでくるたびに想念の流れが切れる。少しだけ三人の話に加わり、また考える。

中井は最晩年に至るまで、鈴峯学園の教え子たちと文通を続けていたらしい。だとすれば、教育者が彼の本筋だったのだろうか。

いろいろの場面が交錯する。


やがて天瀬には、超高齢・最晩年になってからの中井正文の姿に、シュトルム作『みずうみ』における老後のラインハルトの最後の所作が重なって見えだしてきた。

原作では「かつて青春の力をそそいだ研究に没頭した」となっているが、その研究とは何なのだろうか？

翻訳のようにも思えるが、断筆寸前に「文芸にこだわる手記」を書いているところからすると、人生の総括を書き残すこと、自叙伝を書くことだったかもしれない……。


天瀬は長い間、中井正文と彼の中にある『広島文藝派』は広島市内に本拠を置く多くの同人雑誌とやや異なりヒロシマという地域性を超えたところに目標を置いているのではないか、と思ったこともあった。だが、必ずしも、そうではなかったようだ。

やはり広島という風土の中で育った一つのグループだったに違いあるまい。

予定の二時間が過ぎて座を立ち廊下に出ると、サラリーマンらしい若者の一団が入って来るのが見える。客がだんだん多くなる時間なのだろう。
だが自分たちの仲間が集まることは、もうないかもしれない。天瀬の脳裡に、〔いっこ〕で「椿花咲く」を聞きながら雑談していた日々が去来した。

【註Ⅳ】

（1）江刺昭子『草饐　評伝大田洋子』濤書房、昭和四十六年八月

（2）池田正彦編『大田洋子を語る　夕凪の街から』（広島に文学館を！　市民の会ブックレットVOL2、二〇〇七年七月）

（3）平本伸之「ながく生きたい、そしていい作品をいっぱい書きたい―一般作品に見る、もうひとりの大田洋子―」（前出（2）所収）平本氏は廿日市市役所職員。大田洋子に関する個人の蔵書では、おそらく最高レベルと思われる。

（4）レーゼ・ドラマ集『昔の夢は今も夢』（近代文藝社、二〇一〇年五月）所収の「流転の果て」は、大田洋子の最後の数時間に焦点を当てたもので、『異臭の六日間』（近代文藝社、二〇一六年四月）所収の「心の傷を背負ったままで」は、大田の最後の二日間に生涯を語らせたものだ。「ある文学碑をめぐって―大田洋子は正しく伝えられているか―」（『広島文藝派』（第二十四号、二

〇〇九年九月）は、渡辺晋（本名）名義の随想である。
（5）中川このみは大田洋子の妹・中川一枝の娘（現・大八木このみ）で『元気じゃけえね』（ミリオン出版、二〇一一年九月）などの著書がある。
（6）平成十二（二〇〇〇）年七月三十一日付『中国新聞』、梅原勝己の署名入り文化欄の記事。
（7）この原型は『広島文藝派』第三十二号に掲載されたが、ここには「楓雅之朋の会」の指導者である漢詩人・苔菴揚田崇徳先生の添削を受けたものを載せた。
（8）その概要は『広島文藝派』第二十九号（平成二十六（二〇一四）年九月）の編集後記に述べてある。
（9）鈴峯学園や「寒菊抄」選考のことなどは第一章第4節に触れている。同じ著者による『鈴峯学園物語』第二集（平成二十三年十月）には、『函』の山田夏樹代表が、占領期の広島における文芸の調査の一環として、学園の文芸部機関紙『鈴峯』（編集発行・中井正文）につき知るため、同窓会館を訪れたことを記している。中井のことは第一集にも出ている。
（10）天瀬裕康による「畑耕一―人と作品―」は、Ｗｅｂ広島文学資料室を索引すれば出てくる。
（11）丸善の岡山支店長だった武井達志郎氏が広島支店長として転勤してきて間もなくのことである。天瀬裕康（当時はまだ渡辺晋）が『イマジニア』を創刊したのは昭和四十三年、ＳＦファンダム賞受賞が四十四年で岡山にも会員がいたから、そこらで渡辺晋（のちの天瀬）のことを聞いたのであろう。「岡山では同人誌展をたびたび開いていました」と語っていた。

（12）綾目広治《ひろはる》は昭和二十八年に広島市で生まれ、京大経済学部卒。昭和五十八年広島文教女子大学講師、同六十三年ノートルダム清心女子大学教授。

（13）高村智恵子（一八八六〜一九三八）は洋画家で、彫刻家・詩人の高村光太郎夫人。光太郎の『智恵子抄』で有名。

（14）「いのち短し」で始まる「ゴンドラの歌」は、大正四年に帝劇で上演されたツルゲーネフ作「その前夜」の劇中歌で、作詩は歌人の吉井勇、大正ロマンの代表である。

（15）随筆「浅草」は、短篇集『広島の橋の上』に付けられた「文芸の周辺」に収録されている。

あとがき

本書は、『広島文藝派』第三十二号に掲載して頂いた、「再発掘と思弁―中井正文の人脈と同人誌」を大幅に書き換えたものである。

「まえがき」でも触れたように、本文中では客観性を保つため「私」を排除し「天瀬裕康」または「渡辺晋」（漢詩では渡辺杜宙）としたため、中途半端な表現が生じたかもしれない。

中井先生の伝記でなくて評伝であるためには、作家論的な切込みが欲しいものだが、本書では作品や経歴の紹介はしたものの辛口の批評はしそびれ、発酵未熟のままになったようだ。

しかし中井先生の戦中の行動と『星座』や『風土』など数種の県外同人誌の管見は、文芸の流れを多少とも眺望させてくれるし、『中央公論』などに対する弾圧、「神話」に見られるごとき軍部による正統な文芸評価の破壊は、今後の警鐘にもなるだろう。

他方、戦後の『郷友』や『文学探究』さらには広島図書の諸誌における文彦名義の諸作品を提示したことは、広島文壇史の一隅に追加して頂けるものがあるのではなかろうか。

同人誌『広島文藝派』についても、客観的な評価・自己批判は不十分だったと言わざるを得ないが、一定の水準に達する仕事をしたとは思っている。

渡辺玲子は「中井先生と広島図書㈱の雑誌―その執筆内容の概略と展開」（前掲書）の「おわりに」の中で、《中井先生に関しての作家論も作品論も、まだ詳細に纏まったものは見られない》と述べている。

たしかに中井文学についての研究は浅く、地方の一同人誌『広島文藝派』を取り上げた著書も少ない現在、本書の上梓を機に、より優れた著書が現れることを願うばかりである。


なお資料収集の際には、中井正文先生の著作権継承者である中井冬夫氏、第三代『広島文藝派』代表・葉山弥世様、『広島文藝派』最古参の砂本健市氏、月刊『広島の味』の編集・発行人であった奥村斉子様、『鈴峯学園物語』の作者・磯部義國氏、俳句『廻廊』主宰の八染藍子様、広島市立中央図書館学芸員・石田浩子様、その他多くの方からご支援を賜った。

『安藝文學』の岩崎清一郎氏と『凾』の山田夏樹氏とからも多くを学ばせて頂いた。

本書の上梓に際しては、溪水社の木村逸司社長、装幀校正には同社社員のお世話になった。

この場をお借りして皆様にお礼を申し上げます。

《付1》 中井正文年譜

一九一三（大二）年　当歳
三月六日、父武雄、母かやの嫡男として広島県佐伯郡地御前村（現・廿日市市地御前）に出生。
一九一九（大八）年　六歳
四月、地御前尋常高等小学校に入学。
一九二五（大十四）年　十二歳
三月、同校卒業。四月、旧制広島第一中学校に入学。
一九二八（昭三）年　十五歳
三月、『健鯉』第二十號に随筆「歳暮の夜の街」を発表。
一九三〇（昭五）年　十七歳
三月、同校卒業。四月、旧制第五高等学校（熊本）に入学。「椿花咲く」を作詞。
一九三一（昭六）年　十八歳
一月～五高校友会誌『龍南』に詩、小説・戯曲などを載せる。
一九三二（昭七）年　十九歳
八月、『新文學派』に「思春期」を掲載。十一月、『氣流』に「歸郷した映畫女優」を発表。
一九三三（昭八）年　二十歳

三月、同校卒業、『今日の文學』に「イワン・ベギリソフ商会」を発表。四月、東大独文に入学。
七月、『鳥』第一輯に「村の赤鬼」。十二月、「ランプ」を寄稿。
一九三四（昭九）年　二十一歳
五月、『文學書翰』に「失はわれた幸福」。六月、ヘッセの「街の早春」を翻訳。七月、『書翰』に
「旅への誘惑」。八月、『文藝汎論』に「竹の花」。十二月、同誌に「石田の話」。
一九三五（昭十）年　二十二歳
石川達三らの同人誌『星座』に入る。江間章子や大田洋子もいた。
一九三六（昭十一）年　二十三歳
四月、『星座』に「望蜀」。七月と十月、同誌にトオマス・マンの「アンドレ・ジイド斷章」を訳出。
太宰治らの同人誌『青い花』に入るも、同誌はすぐ廃刊。
一九三七（昭十二）年　二十四歳
三月、同校卒業。四月、同校大学院に入る。七月、『星座』のルポタージュ・東京に「浅草から」。
九月、同誌に「制服」を掲載。
一九三八（昭十三）年　二十五歳
四月、大学院を中退し私立杉浦青年学校教諭となる。同月、『風土』に「天使となる女」、六月に
「私信」（秋山正香の『般若』出版を賀したもの）を、十一月に「巨匠」を載せる。
一九三九（昭十四）年　二十六歳

三月、杉浦青年学校退職。四月、私立日本精工青年学校教諭。雑誌『中央公論』懸賞小説に応募。
一九四〇（昭十五）年　二十七歳
恋愛小説「神話」が中央公論社の懸賞に一位入選となるも陸軍の意向で二位（一位大田洋子）。ドイツの女流作家エレン・クラットの「従軍記」を翻訳。四月、『風土』に「北国の美しい河」。五月二十七日、脇坂房子と結婚。九月十日、長男文彦出生。
一九四一（昭十六）年　二十八歳
六月十三日発行の『風土』七月號に「阿蘇活火山」発表。十二月、太平洋戦争勃発し帰郷。
一九四二（昭十七）年　二十九歳
二月、山岳青春小説「阿蘇活火山」が『中央公論』に掲載され、ドイツの文化雑誌に挿絵付きで転載された。三月十九日、長女聖子出生。四月、広島実践女学校教諭。七月、『文藝主潮』に「落第横丁」を掲載。
一九四三（昭十八）年　三十歳
一月、風土社より『阿蘇活火山』刊行。同月、第二国民兵歩兵として福山に入営するも、ドイツの雑誌等により、健康上の理由を付け除隊。二月、『現代』に「鋼鐵の子」掲載。
一九四四（昭十九）年　三十一歳
八月、女子挺身勤労令公布、学徒勤労令公布。中井は引率者として工場へ着任。十一月、『日本文学者』に「寒菊抄」を発表。

一九四五（昭二十）年　三十二歳
二月、第二十回直木賞（昭十九年下半期）に「寒菊抄」が最終候補として残る。八月六日、原爆。十五日、終戦。九月十八日、文彦と聖子死亡。
一九四六（昭二十一）年　三十三歳
四月、広島女子高等学校教諭。七月、文彦名義で『郷友』に「チロル珈琲店」掲載。九月十一日、次女京《みやこ》出生。十一月、同誌に「映畫女優」、以後も『郷友』はすべて文彦名義。
一九四七（昭二十二）年　三十四歳
三月、『郷友』に「河」を発表。四月、鈴峯女子専門学校教授。八月、同誌に「天使となる女」第一回を発表。十一月十九日、妻房子死亡。
一九四八（昭二十三）年　三十五歳
四月、『郷友』の「天使となる女」終回。八月、鈴峯学園校友会文芸部『鈴峰』一号、中井正文編集・発行。同月、『文学探究』の八月創刊号と翌九月に論考「トオマス・マン」を書き、十月と十一月で「シュテファン・ゲオルゲ」を発表する。すべて、文彦名義。
一九四九（昭二十四）年　三十六歳
一月二十日、田中美代子と結婚。四月、正文の本名で作品集『神の島』（いつくし文庫）出版。三月号より十一月・十二月合併号まで、文彦名義で広島図書㈱の雑誌に名画解説、「偉大なるゲェテの生涯」「みずうみ物語」などを執筆。九月三日、次男光夫出生。

一九五〇（昭二十五）年　三十七歳
四月、鈴峯女子短期大学教授。九月、広島大学皆実分校講師。（十一月、広島文学協会発足。十二月、「ヘルマン・ヘッセにおける「巨母」の概念」（日本独文学会『ドイツ文学』）以後はすべて正文名義に戻る。
一九五一（昭二十六）年　三十八歳
三月、梶山季之の『天邪鬼』第二号のアンケート「同人雑誌に望むもの」に寄稿。四月、広島大学皆実分校助教授。十一月、『広島文学』創刊、中井正文の「皇漢堂」が載る。十一月二十九日、三男冬夫出生（著作権継承者）。
一九五二（昭二十七）年　三十九歳
七月、カフカ、中井正文訳『変身』（角川文庫）
一九五三（昭二十八）年　四十歳
一月、『廻廊』の句会に（夫婦で）出席。七月、カフカ、中井正文訳「ある戦いの手記」（新潮社、『カフカ全集』第三巻）、十二月、中井正文訳「アメリカ」（三笠書房、『現代世界文学全集』第26巻）
一九五四（昭二十九）年　四十一歳
一月、「カフカの出発」（近代文學社『近代文学』）。十一月、「カフカのアメリカ・ロマンの成立」（日本独文学会『ドイツ文学』）
一九五五（昭三十）年　四十二歳

二月十日、三女昌子出生。（八月、『齒車』創刊）。十月、広島大学皆実分校教授。
一九五六（昭三十一）年　四十三歳
六月、ウインスローエ、中井正文訳『制服の処女』（三笠書房）。
一九五八（昭三十三）年　四十五歳
（五月、『安藝文学』創刊）
一九五九（昭三十四）年　四十六歳
八月、広島文学協会消滅。
一九六一（昭三十六）年　四十八歳
三月、広島大学分校教授。ヨハンナ・スピリ、中井正文訳「白い小犬」（白水社『スピリ全集』）。
（九月、『凾』創刊）
一九六四（昭三十九）年　五十一歳
四月、広島大学教養学部教授。七月、ヨーゼフ・ロート「酔いどれ聖伝」（筑摩書房『世界文学大系』第九二巻）。
一九六六（昭四十一）年　五十三歳
十月、ビンディング、中井正文訳「モーゼル旅行」（三修社『ドイツの文学』第一二巻〈名作短篇〉）。
一九六七（昭四十二）年　五十四歳

二月、中井正文ら『広島文庫』創刊。（六月、『イマジニア』創刊。七月、『広島の味』創刊）
一九六八（昭四十三）年　五十五歳
一月、『広島文庫』第三号をもって休刊。
一九七二（昭四十七）年　五十九歳
六月、中井正文『広島文藝派』創刊。中井正文・創作「名前のない男」所収。（十二月、木村逸司『奎文』創刊）。
一九七三（昭四十八）年　六十歳
六月、『広島文藝派』2号発行、中井正文・創作「太田川は流れる」。
一九七四（昭四十九）年　六十一歳
六月、広島大学総合科学部教授。『広島文藝派』3号発行（発行月日不詳）。中井正文・（続）「太田川は流れる」。
一九七五（昭五十）年　六十二歳
『広島文藝派』4号発行（発行月日不詳）。中井正文「広島の橋の上」。以後、休刊となる。
一九七六（昭五十一）年　六十三歳
四月一日、停年退職。同月二日、広島工業大学教授。同月十三日、広島大学名誉教授。
一九八〇（昭五十五）年　六十七歳
四月、広島工業大学附属図書館長。

一九八一（昭五十六）年　六十八歳
三月、広島工業大学附属図書館長辞任。
一九八二（昭五十七）年　六十九歳
（三月、『標』創刊）九月、『太田川は流れる』（溪水社）を出版。
一九八三（昭五十八）年　七十歳
八月、「名前のない男」が『日本の原爆文学⑪短篇Ⅱ』（ほるぷ出版）に収録される。
一九八六（昭六十一）年　七十三歳
四月、勲三等旭日中綬章受章。
一九八七年（昭六十二）年　七十四歳
（十二月、水炎の会『水炎』創刊、発行・青野ひろ子、編集・木戸博子）
一九八八（昭六十三）年　七十五歳
（二月、『未然形』創刊）三月、『広島の橋の上』（溪水社）出版。
一九八九（昭六十四・平一）年　七十六歳
一九九〇（平二）年　七十七歳
三月、広島工業大学教授辞任。十月、『広島文藝派』復刊・第五号発行。中井正文・小説「天使」。
（以後も断りなき限り短篇小説であり、中井正文は略す）
一九九一（平三）年　七十八歳

（六月、第十四回広島寮歌祭出席）十月、『広島文藝派』復刊・第六号に「竹の花」掲載。
一九九二（平四）年　七十九歳
十月、『広島文藝派』復刊・第七号に「海辺の墓地」掲載。読書推進大会で「読書の楽しみ―日本と外国の文学にふれて―」を広島大学名誉教授、日本文藝家協会会員の肩書で講演。
一九九三（平五）年　八十歳
（二月、『水流』創刊）十月、『広島文藝派』復刊・第八号に「寮歌」。
一九九四（平六）年　八十一歳
十月、『広島文藝派』復刊・第九号に「真夏の女」
一九九五（平七）年　八十二歳
九月、『広島文藝派』復刊・第十号に「炎の画家」
一九九六（平八）年　八十三歳
九月、『広島文藝派』復刊・第十一号に「旅へのいざない」
一九九七（平九）年　八十四歳
九月、『広島文藝派』復刊・第十二号に「桃源」
一九九八（平十）年　八十五歳
十月、『広島文藝派』復刊・第十三号に「神の手」
一九九九（平十一）年　八十六歳

九月、『広島文藝派』復刊・第十四号に「若い春」
二〇〇〇（平十二）年　八十七歳
九月、『広島文藝派』復刊・第十五号に「本川の眺め」。（十二月、溪水社の季刊寄稿雑誌『あ・の・と』創刊）
二〇〇一（平十三）年　八十八歳
十月、『広島文藝派』復刊・第十六号。シュニッツラー、中井正文訳「賢い男の妻」
二〇〇二（平十四）年　八十九歳
十月、『広島文藝派』復刊・第十七号。シュニッツラー、中井正文訳「花束」
二〇〇三（平十五）年　九十歳
十月、『広島文藝派』復刊・第十八号。オイレンブルグ、中井正文訳「女の秘密」
平成十五（二〇〇三）年十月二十日（月）付『中国新聞』の「ひと・とき」欄には、「珠玉の短篇を紹介したい」としてオイレンベルクの「女の秘密」の翻訳の話が載っている。
二〇〇四（平十六）年　九十一歳
十月、『広島文藝派』復刊・第十九号　カシュニッツ、中井正文訳「幽霊」
二〇〇五（平十七）年　九十二歳
十月、『広島文藝派』復刊・第二十号　シュニッツラー、中井正文訳「奇妙な女」
二〇〇六（平十八）年　九十三歳

六月、第二十一回信州白線会『寮歌祭』に「椿花咲く南国の―寮歌をめぐる思い出―」を寄稿。十月、『広島文藝派』復刊・第二十一号　リンザー、中井正文訳「調書なしの証言」
二〇〇七（平十九）年　九十四歳
十月、『広島文藝派』復刊・第二十二号　シュニッツラー、中井正文訳「ライゼンボーグ男爵の運命」
二〇〇八（平二十）年　九十五歳
九月、『広島文藝派』復刊・第二十三号　シュニッツラー、中井正文訳「ギリシャの舞姫」
二〇〇九（平二十一）年　九十六歳
九月、『広島文藝派』復刊・第二十四号に実録「文芸にこだわる手記」を掲載。
二〇一〇（平二十二）年　九十七歳
九月、『広島文藝派』復刊・第二十五号に随筆「恩讐の彼方のこだわり」。以後、執筆なし。
二〇一三（平二十五）年　百歳
九月三十日、妻美代子死亡。（十二月、『イマジニア』復刊・第八号発行）
二〇一四（平二十六）年　百一歳
五月、代表を天瀬裕康に譲る。（天瀬は二年間だけの約束で受ける）
二〇一六（平二十八）年　百三歳
五月、代表は葉山弥世に交代。十月二十七日、中井正文逝去、享年百三歳。戒名「釋　顕証」

《付2》『広島文藝派』総目次

戦後の広島における同人誌の中で、長い歴史と継続を保っている『安藝文学』と『凾』を別にすれば、記憶に残っている良質の誌には『齒車』が、異色の誌としては『地平線』がある。

『齒車』は主宰の松本寛（一九二四～二〇〇三）没後一年の二〇〇四年四月に、松坂義孝が「追悼　松本寛」として四二号を上梓し総目次を付した。『地平線』は編集人の寺島洋一が、終刊の五〇号（二〇一一年四月）に総目次を付し、解題を書いた。いずれも有益な企画である。

他方、渡辺玲子は「同人誌の広告と世相」（『広島文藝派』復刊・第三十三号）において、マクルーハンの《メディア　イズ　メッセージ》を引用し、《広告も自己主張のメッセージ》とした。

そこで本書では広告の概要も加え、さらに『新青年読本全一巻』（『新青年』研究会編、作品社、一九八八年二月）の例に倣い、頁数と定価（頒価）も付記した。

創刊号：一九七二（昭四十七）年六月

論考・土居寛之「アミエルの三つの顔」、紺野馨「シベリアのけもの─石原吉郎ノート─」、詩・

三上雅弘「砂の女」、桧山さとし「終末」、さかもとひさし「逃亡の五月」、創作・中井正文「名前のない男」、石田千里「春の吹雪」、コント集・桑原静而「フラスコ昇天（外十篇）」、ノンフィクション・さかもとひさし「広島文芸風土記―広島シュールレアリズム事件Ⅰ」、編集後記・署名なし（中井正文と思われる）。一〇二頁、定価二〇〇円。：広告はカルビー製菓の「かっぱ　えびせん」。

2号：一九七三年（昭四十八）年六月

評論・紺野耕一「ドストエフスキイ論ノート―その作中人物の自殺について―」、創作・土居寛之「第三分哨」、石田千里「遠い敗北」、中井正文「太田川は流れる」、聖戸伸之「黄金千両」、詩・桧山智「柳川旅情」、淵上熊太郎「ベオグラードの夜明」、砂本健市「空（くう）を飛ぶ」、翻訳・谷口幸雄訳、ラーゲルクヴィスト「アハスヴェルの死（1）」、論考・さかもとひさし「広島文芸風土記（6）―広島シュールアクズム事件2（本文ではシュールレアリズムになっている）」、編集後記・なし。一二〇頁、定価二〇〇円。広告は前に同じ。

3号：一九七四年（昭四十九）年（発行月日不詳）

小説・中井正文「太田川は流れる」、水永佳代子「ある女」、詩・藤井壮次「油田地帯」、桧山智「帰化植物異聞」、森野道夫「俺の後頭部には」、論考・さかもとひさし「広島文芸風土記（7）―広島シュールレアリズム事件3」、後記・署名なし（中井正文と思われる）。四九頁、定価二〇〇円。広告なし。

4号：一九七五年（発行年月日不詳）

小説・中井正文「広島の橋の上」、桑本秀実「夕陽の子」、詩・さかもとひさし「二月抒情」、森野道夫「この町では」、随想・石田千里「両性ということ」、中郷三己枝「おとぎ話」、翻訳・ラーゲルクヴィスト、谷口幸雄訳「アハスヴェルの死（2）」、あとがき・中井正文と思われる。六一頁、定価三〇〇円。印刷所の記載なし。広告は「かっぱ　えびせん」、酒場大学、ひろしま駅ビル大食堂、京都・祇園の民宿風……。このあと長い休刊となる。

復刊・第五号：一九九〇（平成二）年一〇月

小説・中井正文「天使」、小説・中坪タカヱ「たそがれの風景」、詩・砂本健市「蟹」、詩・秋島芳恵「言葉」、詩・宮上周正「夏は去った」、評論・笹本毅「昭和の精神」、小説・下川弘「マコト（1）」、後記・（N）中井であろう。誌の号数は4号まではアラビア数字だったが五号から漢数字になっている。八三頁、広告は「茶幡皮膚泌尿器科医院」、「わかめ会社」、「和　なごみ」、「ビューティサロン　グランド」である。頒価五〇〇円（その後値上げはないので、以下、省略）。印刷・広島共同印刷。

復刊・第六号：一九九一年一〇月（以下、和暦は略す）

小説・葉山弥世「夢去りやらぬ」、木本欽吾「祖父の手帳から」、中井正文「竹の花」、今井敏代「逆流」、下川弘「マコト（2）」、詩・砂本健市「蟹（その二）」、宮上周正「端岩（その一）」、エッセイ・村上啓子「雨に濡れて」、後記・（中井）。八四頁、広告は、茶幡医院、グランドの他に、

「酒の門　いっこ」と「㈱アカネ」が加わった。「アカネ」は砂本健市さんの会社であり、「グランド」は下川弘夫人尋美さんの経営である。印刷は同じ。

復刊・第七号：一九九二年一〇月

エッセイ・村上啓子「千切れた時間」、小説・中井正文「海辺の墓地」、青野ひろ子「リボン」、葉山弥世「ひと時のクラスメート」、木本欽吾「祖父の写真帖から」、下川弘「マコト（その三）」、今井敏代「逆流（その二）」、詩・砂本健市「蟹（その三）」、詩劇・宮上周正「端岩《はないわ》（その二）」、一二八頁、後記・（中井）、広告は前回プラス三和工業㈱と綜合紙器㈱、印刷は同じ。

印刷は復刊・第八号：一九九三年一〇月

小説・天瀬裕康「絡繰時辰節気鐘」、葉山弥世「石に刻みて」、青野ひろ子「ツインズ」、中井正文「寮歌」、村上啓子「レイコ」、木本欽五「祖父の写生集から」、下川弘「マコト」、詩・砂本健市「蟹（その四）」、詩劇・宮上周正「端岩（その三）」、同人九名、後記・（N）。一二八頁、印刷は同じ。広告は、茶幡医院、グランド、アカネの他に渡辺医院が加わる。

復刊・第九号：一九九四年一〇月

小説・青野ひろ子「感触」、中井正文「真夏の女」、天瀬裕康「太陽は、まだ熱く」、葉山弥世「遠き日に」、下川弘「断雲（ちぎれぐも）」、村上啓子「ヘソヌケイチゴ」、詩・砂本健市「蟹のいる風景」、詩劇・宮上周正「端岩（その四）」、同人十名、後記・（N）。一四一頁、印刷は同じ。広告は、いつもの三件の他に、無添加調味料（平塩清種）、角川文庫の「変身」「アメリカ」「制服の処女」（中井正文・訳）や博文館新社の『叢書「新青年」小酒井不木』（監修・天瀬裕康／長山靖生）が載っている。

復刊・第十号：一九九五年九月

小説・天瀬裕康「隠れ聖者のハリマオ」、中井正文「炎の画家」、葉山弥世「ある日の午後」、下川弘「断雲（ちぎれぐも）２」、吉山幸夫「きじばと」、宮上周正「人間喜劇（第一部）」、砂本健市「蟹（終章）」、宮上周正「「歌ウ」タメノ詩」、平塩清種「季節の詩情（うたごころ）」、今井敏代「歌が聞こえる」、エッセイ・村上啓子「千円の鼻薬」、同人十一名、後記・（N）。一五三頁、本号より印刷所が、㈲創元社（広島市西区草津東一丁目七番得三二号）となった。広告は天瀬が『小酒井不木』の替わりに外国を主たる舞台にした五つの短篇を集めた『灼かれた記憶を凍る世界で』を広告に出している。

復刊・第十一号：一九九六年九月

小説・中井正文「旅へのいざない」、葉山弥世「紫陽花の季節」、天瀬裕康「異臭の六日間」、下川弘「細川のこと（「マコト」第二部）」、宮上周正「人間喜劇（第二話　疼く傷痕）」、吉山幸夫「不安な選択」、詩・砂本健市「柵（さく）」、宮上周正「もしかして」、平塩清種「終（つい）の命」、今井敏代「過去と未来」、エッセイ・村上啓子「十日の菊」、同人十名、後記・署名なし。一六三頁、印刷所は以後同じなので省略する。広告は天瀬の著書の替わりに再び「渡辺医院」が入っている。

復刻・第十二号：一九九七年九月

小説・葉山弥世「朝顔」、中井正文「桃源」、下川弘「ダリアは紅し」、村上啓子「三界の家」、天瀬裕康「花と錨（第一部）破局への道」、吉山幸夫「暗き流れ（第一部）」、宮上周正「危ない文通（人間喜劇・第三話）」、一四八頁、後記・署名なし。広告は茶幡医院、グランド、アカネ、渡辺医院と中井先生の翻訳。

復刻・第十三号：一九九八年一〇月

本号では詩が最初に出てきた。詩・宮上周正「れくいえむ」、砂本健市「蟹と柵と包み」、平塩清種「ふるさと」、小説・中井正文「神の手」、下川弘「水郷にて」、葉山弥世「命の日々」、天瀬裕康「花と錨（第二部）生と死の表出」、吉山幸夫「暗き流れ（第二・三部）」、後記・（N）。一一八頁、広告は前号に同じ。

復刻・第十四号：一九九九年九月

小説・葉山弥世「闖入者」、吉山幸夫「暗き流れ（第四部終章―現生《ここ》より永生《とわ》に―）」、天瀬裕康「花と錨（第三部）長い迷路の日々」、中井正文「若い春」、詩・砂本健市「植物物語」、後記・（N）。一〇〇頁、広告は前号の「渡辺医院」が、近代文藝社の現代の短編作家シリーズ12天瀬裕康著『誰が…と問うでなく』に替わる。

復刻・第十五号：二〇〇〇年九月

小説・葉山弥世「幾たびの春」、天瀬裕康「花と錨（第四部）夕日が胸をよぎる日々」、吉山幸夫

「一夜」、中井正文「本川の眺め」、詩・砂本健市「いつもの事」、後記・(N)。一二〇頁、広告は前号に同じ。

復刻・第十六号：二〇〇一年一〇月

小説・天瀬裕康「花と錨（第五部）解脱へ向かう日々（完結）」、葉山弥世「旅立ちは華やかに」、翻訳・中井正文訳、シュニッツラー「賢い男の妻」、詩・砂本健市「コップの中の言葉」、吉山幸夫「「存在」三題」、後記なし。八〇頁、「賛助広告」とした記載には前号の五名（茶幡隆之、下川尋美、砂本健市、中井正文、天瀬裕康）の名前が挙げてある。

復刊・第十七号：二〇〇二年一〇月

小説・田端展「午後の陽荘の女」、葉山弥世「野の花は爽やかに」、翻訳・中井正文訳、シュニッツラー「花束」、ラジオドラマ・天瀬裕康「ジュノー記念祭の人びと」、エッセイ・吉山幸夫「フランス語と私（一）」、後記なし。九二頁、広告は同じ。

復刊・第十八号：二〇〇三年一〇月

小説・葉山弥世「雨あがり」、田端展「開花期の憂鬱」、翻訳・中井正文訳、オイレンベルク「女の秘密」、ラジオドラマ・天瀬裕康「にんげんのよのあるかぎり—峠三吉残照—」、エッセイ・吉山幸夫「フランス語と私（二）」、後記なし。一〇九頁、広告は天瀬の著書の替わりに渡辺玲子著『お母さん童話の世界へ』（文芸社、二〇〇三年）が入っている。

復刊・第十九号：二〇〇四年一〇月

小説・天瀬裕康「ここより惑いの星へ」、田端展「縮景園幽色」、葉山弥世「雨ののちに」、吉山幸夫「第二の人生（一）」、翻訳・中井正文訳、カシュニッツ「幽霊」、九七頁。以後ずっと広告なし。

復刊・第二十号：二〇〇五年一〇月

小説・葉山弥世「五月の風」、天瀬裕康「鱒二と土佐路」、田端展「被爆美」、吉山幸夫「第二の人生（二）」、詩・砂本健市「夢の際」、翻訳・中井正文訳、シュニッツラー「奇妙な女」、一一〇頁。

復刊・第二十一号：二〇〇六年一〇月

小説・天瀬裕康「時の流れは乱れるべし」、葉山弥世「潮風の吹く町にて」、詩・砂本健市「背負った袋」、エッセイ・田端展「孫は瓦屋《かわら》と樵《きこり》に」、ノンフィクション・吉山幸夫「ジュネーブ市に招かれて（一）」、翻訳・中井正文訳、リンザー「調書なしの証言」、一〇九頁。

復刊・第二十二号：二〇〇七年一〇月

小説・葉山弥世「旅路にて」、天瀬裕康「地獄よ、燃え尽きよ」、ノンフィクション・山幸夫「ジュネーブ市に招かれて」、詩・砂本健市「夢ぎわ」、翻訳・中井正文訳、シュニッツラー「ライゼンボーグ男爵の運命」、一一一頁。

復刊・第二十三号：二〇〇八年九月

戯曲・天瀬裕康「軍縮の人」、伝記・長尾美智子「「放浪記」を創《つく》る放浪の女《ひと》林芙美子」、小説・葉山弥世「明日もまた」、吉山幸夫「マインド・コントロール（一）」、翻訳・中井正文訳、シュニッツラー「ギリシャの舞姫」、一一〇頁。

復刊・第二十四号：二〇〇九年九月

実録・中井正文「文芸にこだわる手記」、伝記・長尾美智子「智恵子抄」智恵子と光太郎、愛の真実」、小説・葉山弥世「めぐり会い」、吉山幸夫「マインド・コントロール（二）」、戯曲・天瀬裕康「石を集めて」、詩・砂本健市「午後八時十四分」、論考・渡辺晋「ある文学碑をめぐって―大田洋子は正しく伝えられているか―」、一四七頁。

復刊・第二十五号：二〇一〇年九月

小説・葉山弥世「夢のあした」、レーゼ・ドラマ・天瀬裕康「港町X番地」、ノンフィクション・吉山幸夫「HIROSHIMA MON AMOUR―五十年ぶりの再会―」、詩・砂本健市「多結晶体」、エッセイ・中井正文「恩讐の彼方のこだわり」、一〇九頁。

復刊・第二十六号：二〇一一年九月

小説・天瀬裕康「プルガトリオふみ」、葉山弥世「我もまた」、詩・砂本健市「ほたる」、ノンフィクション・吉山幸夫「フランス・コント集」、九〇頁。

復刊・第二十七号：二〇一二年九月

創作・葉山弥世「笑子の想い出」、戯曲―セミ朗読劇・天瀬裕康「ロボットママ・ララバイ」、詩・砂本健市「つれづれ」、ノンフィクション・吉山幸夫「吉山家のこと（一）」、一〇四頁。

復刊・第二十八号：二〇一三年九月

創作・天瀬裕康「異端花幻忌」、葉山弥世「花笑み」、詩・砂本健市「言葉の積木」、ノンフィクション・吉山幸夫「吉山家のこと（二）」、一〇八頁。

復刊・第二十九号：二〇一四年九月

巻頭のイメージ・中井正文「名前のない男」より、創作・天瀬裕康「黄色く消えない火」、渡辺玲子「合宿の世に怪しばむ」、葉山弥世「あの一年」、詩・砂本健市「星」、エッセイ・吉山幸夫「人生さまざま—サンポジサンの日ごろの偶感」、随想的論考・渡辺晋「ドイツ演劇文学あれやこれや」、出版情報・「イマジニア」第八号・「ポエミダーロイ」、出版報告・葉山弥世著『夢のあした』・天瀬裕康／渡辺玲子共著『カラスなぜ啼く、なぜ集う』（出版報告は広告の一種といえるかもしれない）、「文芸ノートより」（編集部）、編集後記・あませ・ひろやす、一一九頁。

復刊・第三十号：二〇一五年九月

巻頭のイメージ・カフカ、中井正文訳『アメリカ』より、創作・天瀬裕康「詩仙の裔は詞仙」、葉山弥世「そして、シェルターで暮らす」、渡辺玲子「いくつかの世界の端で」、詩・砂本健市「常階（ときのきざはし）」、エッセイ・吉山幸夫「人生さまざま——（二）」、僚誌紹介・（編集部）『イマジニア』9号、『ポエミダーロイ』、良書寸評論・（編集部）『絶巓のアポリア』、『北の想像力』、図書紹介・（天）ある全集刊行完了のこと、報告事項・（編集部）広島市文化協会、資料的随想・彼岸への径（こみち）、編集後記・天瀬裕康、一一七頁。

復刊・第三十一号：二〇一六年九月

巻頭のイメージ・中井正文「広島の橋の上」より、小説・葉山弥世「タヒチからの手紙」、渡辺玲子「乱調フィギュア館」、天瀬裕康「我がふるさとは地の底に」、詩・砂本健市「登り窯」、休憩室・葉山、試論的エッセイ（横書き）・渡辺晋「栗原貞子作品から新しい詩論構築への試み」、出版報告1・葉山弥世『かりそめの日々』、出版報告2・天瀬裕康『悲しくてもユーモアを』、天瀬裕康著、渡辺玲子編『異臭の六日間』、編集後記・葉山、八八頁。

復刊・第三十二号：二〇一七年九月

巻頭のイメージ・中井正文「名前のない男」より、小説・葉山弥世「二〇一六年、夏の日々」、童話・天瀬裕康「のぞみヶ丘」、葉山弥世「えりちゃんのこと」、詩・砂本健市「錆びた言葉」、休憩室・葉山弥世「断捨離が流行る世の中」、《追悼　中井正文先生》渡辺晋「再発掘と思弁―中井正文の人脈と同人誌―」、渡辺玲子「中井先生と広島図書㈱の雑誌―その執筆内容の概略と展開」、砂本健市「中井先生の思い出」、青野ひろ子「穏やかでお酒が強くて」、葉山弥世「中井先生と私」、漢詩・渡辺杜宙「想広島文藝派」「悼中井正文老師」、編集後記・葉山、一一一頁。

復刊・第三十三号：二〇一八年九月　終刊号

巻頭のイメージ・中井正文「阿蘇活火山」より、小説・天瀬裕康「見えぬ何かが迫りきて」、葉山弥世「シャラの咲く家」、詩・砂本健市「山行」、エッセイ・渡辺玲子「同人誌の広告欄と世相」、懺悔録・葉山弥世「別れの儀式もなく」、寄稿・木村逸司「中井先生の笑顔」、漢詩・渡辺杜宙「題『広島文藝派』終刊」、出版報告として天瀬裕康『疑いと惑いの年月』、葉山弥世『花笑み』、天瀬裕康編著『混成詩集　核と今』、天瀬裕康編著『ＳＦ詩群　二〇一八年版』、『赤い鳥事典』（渡辺玲子が共同執筆者）、編集後記・葉山弥世、一〇九頁。頒価は最後まで五〇〇円であった。

著者略歴

天瀬裕康（あませ・ひろやす）
本名：渡辺　晋（わたなべ・すすむ）
昭和６年広島県呉市生まれ、岡山大学大学院医学研究科卒
現　在：日本文藝家協会、日本ペンクラブ、日本ＳＦ作家クラブ、イマジニアンの会、楓雅之朋の会、脱原発社会をめざす文学者の会、西広島ペンクラブの各会員、短詩型ＳＦの会主宰、元・『広島文藝派』代表
主著書：『疑いと惑いの年月』（文芸社、2018年）、『朱色のラビリンス』（講談社エディトリアル、2018年）、渡辺晋名義で『核戦争防止国際医師会議私記』（中国新聞社事業情報センター、2016年）ほか多数

中井正文と『広島文藝派』
——或る郊里の地方文壇史——

平成31年3月6日　発行

著　者　天瀬　裕康
発行所　株式会社　溪水社
広島市中区小町1-4（〒730-0041）
電話 082-246-7909　FAX082-246-7876
e-mail: info@keisui.co.jp
URL: www.keisui.co.jp

ISBN978-4-86327-474-7 C0095